KB059169

다정한 사람에게
다녀왔습니다

다정한 사람에게
다녀왔습니다

초판 1쇄 인쇄 _ 2018년 4월 20일
초판 2쇄 발행 _ 2018년 5월 15일

지은이 _ 노윤주

펴낸곳 _ 바이북스
펴낸이 _ 윤옥초
편집팀 _ 김태윤
디자인팀 _ 이정은, 이민영
표지디자인 _ 그래픽타오
정물사진 _ 이선호

ISBN _ 979-11-5877-048-8 03810

등록 _ 2005. 7. 12 | 제 313-2005-000148호

서울시 영등포구 선유로49길 23 아이에스비즈타워2차 1005호
편집 02)333-0812 | 마케팅 02)333-9918 | 팩스 02)333-9960
이메일 postmaster@bybooks.co.kr
홈페이지 www.bybooks.co.kr

책값은 뒤표지에 있습니다.

책으로 아름다운 세상을 만듭니다. ― 바이북스

다정한 사람에게
다녀왔습니다

노 윤 주

남유럽에서
열여덟 명의 사람을 여행한 기록

바이북스
ByBooks

어디가 아니라면 누구

떠나야만 하는데 갈 곳이 없다. 어디론가 가고 싶은데 어디로 가야 할지 모르겠다. 떠나야 할 이유와 의지가 이토록 확실하니까, 떠날 수 있는 자원까지는 어떻게든 만들었는데, "그래서, 어디?"라는 질문에 발목이 잡히면, 두둥실 떠올랐던 마음은 방황하게 된다.

언젠가 비스듬히 누워 TV에서 봤던, 언젠가 혼자 밥을 먹으며 누군가의 블로그에서 봤던, 보고 싶었던 것과 먹어보고 싶었던 것을 떠올려보기도 하지만 지금의 내 의지를 그렇게 가벼운 것들과 연결 지어도 될지 불안하다. 떠나고자 하는 마음이 선명하니까, 이 마음이 도착해야 하는 곳도 조금 더 필연적인 곳이어야 하지 않을까.

이럴 때 사람이라는 변수가 하나 들어오면, 흐릿했던 것이 뚜렷해진다.

4

누구가 있는 곳으로 간다.

그 얼굴이 목적지로 찍히면, 그곳이 어디든 얼마나 멀고 몇 시간이 걸리는 곳이든 가보지 않았던 낯선 땅에서 온기가 느껴져서 드디어 가방을 꾸릴 수 있는 용기가 생기는 것이다. 하지만 비슷비슷한 동네에서 비슷비슷한 가이드라인을 따라 비슷비슷한 순서를 밟으며 살아온 우리에게 나와 다른 곳, 그것도 먼 곳에 살아가고 있는 보고 싶은 누구가 있다는 것은 드문 일이다. 또 한 번 기운이 빠진다.

내 마음 하나 둘 곳을 몰라 지도 위를 방황하던 나는 그럼에도 불구하고, 어디 대신에 누구를 선택했다. 보고 싶은 지인은 아니지만 사람이 있는 곳. 사람을 만날 수 있는 곳. 이방인에게도 말을 걸어주는 사람이 있을 것 같은 곳.
그런 기준으로 다시 지도를 보니, 대도시보다는 소도시였고 성수기보다는 비수기였고 쌀쌀한 북쪽보다는 따뜻한 남쪽이었다. 그런 기준으로 몇 개의 도시에 도착해 보니, 바다가 없는 도시, 유명한 것이 없는 도시, 중국집이 없는 도시는 있었지만 사람이 없는 도시는 없었다. 다정한 사람이 없는 도시는 없었다.
웃는 낯으로 두리번대면 다가와 나를 궁금해하는 사람이 있었고, 용기를 내어 말을 걸면 기꺼이 자신의 이야기를 들려주는 사람이 있었다. 그렇게 이야기를 나누다 보니 이곳이 바로 내가 와야 할 곳이었다는 것을 뒤늦게 확신할 수 있었다. 사람들 덕분에 떠나와서 좋았고, 사람들 덕분에 돌아갈 수 있었다.

그래서 이것은 사람들을 여행한 여행기다. 도시에 관한 쓸 만한 정보는 없지만, 그 도시에 가면 혹시나 만날 수도 있는 사람들에 관한 이야기가 들어 있다. 떠나고 싶지만, 어디를 가야 할지 몰라서 방황하고 있을지도 모르는 당신에게 "이 도시에 가면 뭘 할 수 있을까?"에서 "이 도시에 가면 어떤 사람을 만날 수 있을까?"로 기대감의 관점을 조금 틀어보자고 제안하는 여행기다.

" 누구가 있는 곳으로 간다. "

프롤로그   어디가 아니라면 누구   004

#1   태양처럼 젊은 사람, 에디나   012

#2   달콤한 나라의 사람들, 필립포 & 마우로   022

#3   다정한 나의 둥지, 라우라   034

#4   골목길의 구세주, 아냐   044

#5   테이블을 목에 걸고 여행하는 사람, 필리프   053

스페인 이야기   '지우다' 그리고 '비싸다'   062

#6   연 날리는 서핑광, 대럴   066

#7   욕쟁이 여행광, 베르후르   075

#8   상상 밖의 가족, 요르크 패밀리   084

#9   너는 내가 가본 가장 먼 나라, 필립 & 길다   104

#10   내 여행의 닭고기 수프, 실뱅   111

#11   은혜 갚은 페드로   122

#12   원 모어 웨이브, 헤수스   131

#13   런던의 걱정담당자, 루나   137

포르투갈 이야기   이지고잉   150

#14   큰 꿈을 꾸는 사람, 수아   153

#15   무적의 다리, 정인   164

그리스 이야기   뛰어내리는 사람   178

#16   위대한 히피, 크리스토스   180

#17   취한 섬의 포옹왕, 마리노스   193

#18   느리게 빛나는 말라카들   207

에필로그   낯선 도시를 누군가의 이름으로 기억한다   215

추천사   다정한 이방인을 기다리며 · 유정인   218

London

Braga
Lisboa
Vila Nova de Milfontes
Lagos
Seville
Barcelona

Istanbul

Aegina Island
Sifnos

Marrakech

1

태양처럼 젊은 사람,
에디나

바르셀로나Barcelona

SPAIN

브라질 사람을 직접 만나본 적은 없지만 브라질 사람들이 뜨겁다는 것은 내가 가진 오랜 편견이었다. 고정 관념은 틀리기 마련이고, 그것이 틀렸을 때 오는 충격과 깨달음에서부터 재미있는 이야기는 시작된다. 하지만 나는 정확히 그 반대의 경우, 고정 관념이 딱 맞아떨어져서 편견이 증폭됐던 경험에 대해 말해보고자 한다.

한 달 동안 머물렀던 바르셀로나에서는 마르 베야Mar bella라는 바다 근처의 동네, 포블레노우Poblenou의 아파트에서 홈스테이를 했다. 집주인은 브라질 출신의 멋쟁이였다. 수십 년 전에 바르셀로나로 이주해 온 에디나는 과거엔 댄서였고 현재는 채식주의자였고 '롤라'라는 늙은 개와 함께 살았다.

에디나는 아침마다 새빨간 립스틱을 바르고 검은 가죽 부츠를 신고 동네 슈퍼에 가서 롤라를 위한 닭 가슴살과 자신을 위한 바게트 한 덩이를 사왔다. 그리고는 프라이팬 앞에 서서 콧노래에 리듬을 타며 닭 가슴살을 꼼꼼하게 구웠다.

인간의 식욕을 자극하는 닭 요리를 롤라의 밥상에 올리고 나면, 춤추듯 걸어 테이블 앞에 앉아 나와 함께 아침을 먹었다. 에디나는 동양인인 나를 위해 커피 대신 차를 우려 내주고, 바게트를 뚝 잘라서 나눠주며 먹는 법을 가르쳐줬다. 바게트 반쪽을 한 손에 쥐고 핫도그처럼 가운데를 칼로 갈라 그 사이에 올리브유를 듬뿍 뿌리고 토마토 슬라이스를 몇 개 넣으면 이상할 정도로 맛있는 아침밥이 됐다.

에디나는 영어를 거의 못했고 나는 스페인어를 거의 못해서 우리의 대화는 스무 개 남짓한 단어의 나열. 내가 떠듬떠듬 문장을 만들면 에디나는 엄청나게 빠른 속도로 엄청나게 많은 말을 쏟아놓고는 내가 못 알아듣고 눈을 끔뻑거리다 웃음을 터뜨리면 따라서 폭소했다. 가장 많이 했던 말은(아니, 내가 알아들은 말은),

"구아파Guapa! 구아파!"

무엇을 이야기해도 그것들이 다 예쁘다구아파고 말했다. 자라Zara에서 사온 청바지도 한국에서 가져온 스카프도 TV에서 나오는 꼬마들도 모두, 에디나는 목소리 톤을 높이며 열정적으로 예쁘다고 말했다. 세상 만물에 마음을 활짝 열고 살아가는 에디나가 이해하지

에디나를 실망시키지 않기 위해
자주 가던 플라멩코 타블로

못하는 것이 있다면, 그것은 전쟁도 차별도 아니라 집에 있는 것이었다. 오늘은 더 이상 못 돌아다니겠다 싶을 정도로 지쳐서 밤 10시쯤 집에 들어오면 안쓰러운 표정을 지으며 말했다.

"윤주, 무슨 일 있니? 아프니? 파티 갈 시간이잖아?"

에디나의 근심어린 표정을 보고 있자면, 내가 이 아름다운 도시의 밤과 나의 청춘을 낭비하는 몹쓸 짓을 하고 있다는 생각이 들어서, 지친 육신을 다시 끌고 나가서 바Bar에 다녀오기도 했다.

나의 이런 노력도 이 열정적인 브라질리안을 만족시키지 못했는지, 어느 날 아침을 함께 먹던 자리에서 에디나는 내게 파티에 함께 가자고 제안했다. 흥분한 목소리로 한참을 이야기하는데, '항구', '브라질', '축제', '배' 이런 단어들이 들렸다. 예쁜 옷이 필요하다고도 했다. 에디나는 이 파티를 위해 2주 동안 다이어트를 할 거고 또 파티에 가서 술을 잔뜩 마시고 밤새도록 춤을 출 거라고 했다(손짓과 발짓 그리고 일주일 치의 스페인어 학습에서 주워들은 단어의 총집합으로 해석해낸 이야기다).

사실은 내가 머물고 싶었던 곳, 나의 작은 방

그로부터 2주 뒤, 스페인어 학원을 마치고 돌아오는데 집 앞 공터에서 에디나가 올 블랙 차림에 반짝반짝 비즈로 온몸을 감고 롤라를 산책시키고 있었다. 그 어느 때보다도 새빨간 립스틱과 찰랑찰랑거리는 귀걸이. 에디나는 부인들이 한껏 꾸몄을 때 풍기는 원숙한 아름다움이 아니라 10대처럼 생기가 넘쳤고 20대처럼 화려하게 예뻤다. 나를 보자마자 한 바퀴 빙글 돌아 보인 에디나가 만족스럽게 미소 지으며 이렇게 말했다(말한 거 같다).

"윤주! 왜 이렇게 늦었어? 빨리 올라가서 옷 입고 화장해! 한 시간 뒤가 피에스타Fiesta: 파티잖아! 피에스타!"

에디나를 만족시키고 싶어서, 야심 차게 구입한 가슴이 파인 원피스를 입고 아이라인을 굵직하게 그렸다. 그래 봤자 드레스와 하이

힐로 한껏 멋을 부린 에디나와 그 친구들 앞에서는 풀 같은, 밭 같은 차림새였다. 다 함께 버스를 타고 포트 벨Port Vell이라는 항구에 내려서 파티는 어디에서 열리는 걸까 하고 두리번 대고 있는데 에디나의 헌팅이 시작됐다.

에디나는 그곳에서 사진을 찍고 있는 브라질리안 관광객들, 조금더 구체적으로 말하자면, 젊은 남자 브라질리안들을 기가 막히게 찾아내서 말을 걸었다.

"안녕! 너희 브라질에서 왔지? 리우에서 왔니? 피에스타 안 갈래? 오늘 재미있을 거야. 응? 가자. 먹을 것도 많고, 춤도 추고. 응? 가자. 저기 바로 코앞인데. 가자, 응? 나도 춤출 거야. 이렇게! 피에스타! 가자, 응?"

에디나의 나이는 추정하건대 육십 정도. 하지만 그 거리의 누구보다 젊었고 그 거리의 그 어떤 생명체보다 살아 있었다. 에디나의 반복되는 호객을 들으며 드디어 나도 내가 가는 파티의 실체를 알게 됐다. 브라질 해군들이 바르셀로나에 정박을 하는데 마침 그날이 브라질의 국경일 같은 날이라서 바르셀로나의 브라질 이민자들을 모두 초대해서 큰 파티를 여는 것. 맙소사. 한 명의 브라질리안이 만드는 온도가 이 정도인데 브라질 사람들로 만선인 배는 얼마나 뜨거울까.

도착한 항구에는 커다란 배가 있었다. 네이비색의 세일러복을 멋지게 갖춰 입은 장교들이 인사를 했다. 럼에 흑설탕과 라임을 잔뜩

에디나의 집에서 하숙하기로 마음 먹게 해준 바다 마르 베야Mar Bella.
집에서 뛰어서 5분 거리(뛰어가본 적은 없음).

넣은 브라질식 칵테일인 카이피리냐Caipirina를 계속 갖다줬다. 입 안
에서 달콤새콤한 도수 높은 알코올이 팡팡 터졌다. 브라질 사람들이
노는 모습은 도저히 따라 할 엄두가 나지 않는 쾌활함과 자연스러움
과 리듬과 그루브, 뭐 그런 끈적끈적한 무엇들의 조합이라 나는 흉
내를 낼 시도도 하지 않고 구경을 했다.

  에디나는 신나게 춤을 추다가 무대 위로 뛰어올라가 플라멩코
를 선보이고, 신나게 자기 나라말포르투갈어로 떠들면서도 내가 심심
할까 봐 영어를 할 줄 아는 해군들을 하나씩 내 앞에 데려다줬다.

해군 한 명을 앞에 두고, 카이피리냐를 한 모금 쭉 빨고 어떤 질문을 하는 것이 이 흥겨운 공간과 어울릴까 고민하다가 다음 목적지는 어디냐 물었다. 그는 이런 비슷한 질문을 수백 번은 받아본 것 같은 자연스러움으로, 그러나 너무나 즐겁다는 듯이 양 어깨를 으쓱하며 대답했다.

"해군으로 사는 것 중 재미있는 거 하나는 오늘은 바르셀로나지만 내일은 어느 바다에 있을지 모르고, 그다음 날은 어디에 정박할지 모른다는 거야. 그래서 우리는 오늘을 즐기지."

와. 진짜 폼 난다. 목적지가 오늘인 삶. 나는 감탄하며 소나무처럼 뻣뻣하게 리듬을 탔고 해군은 만족스러워하며 꽃처럼 활짝 웃었다. 잠시 정신을 차릴 겸 화장실에 다녀왔는데, 손목에 있어야 될 카메라가 없었다. '아. 아까 화장실 문에 걸어뒀었지' 싶어서 다시 가보니 카메라가 없었다. 두리번대고 있자 에디나가 와서 무슨 일이 있냐 묻길래 카메라를 잃어버렸다고 답했더니 홍조를 띤 얼굴이 불같이 화를 냈다.

"분명히 브라질리안일 거야! 카메라 가져가는 놈들은 브라질리안이야!"

방금 전까지만 해도 조국을 뜨겁게 사랑하던 에디나가 조국을 욕했다. 여자 해군을 불러서 화장실에 같이 가서 현장 검증까지 했는데도 없자, 자기 일처럼 구둣발을 구르며 안타까워했다. 그러자, 나는 괜찮아졌다. 나 대신 핏대를 올리며 화를 내는 에디나를 보고 있자니 마음이 풀어졌다. 카메라가 없으면 남은 여행에 문제가 생길 것이 분명했는데도 심지어, 손목에 걸린 카메라가 없으니 관광객 같지 않아서 좋다는 기분이 들었다. 때마침 깜깜한 하늘에 불꽃이 터졌고 반짝이는 밤하늘과 빨개진 에디나의 얼굴을 번갈아 보며 생각했다. 와, 화는 이렇게 내는 거구나. 누군가를 위해서 화를 낸다면 이 정도는 내줘야 하는 거구나.

감탄하다 보니 파티가 끝났다. 대여섯 시간을 쉬지 않고 놀았지만 못내 헤어지는 것이 아쉬운 사람들이 작별 인사를 했다. 애틋한 눈빛을 주고받으며 서로의 볼에 뽀뽀를 하고 난 브라질 사람들이 이렇게 말했다.

"다음엔, 리우Rio de janeiro: 브라질의 대표적인 도시에서 만납시다."

에디나도 그렇게 말했고, 나에게도 그렇게 말했다.

"우리 다음엔, 리우에서 만납시다."

내일 아침이면 어딘지 모를 곳으로 떠나는 해군들과 오랜만에 동포를 만난 이민자들이 주고받는 작별의 인사. 리우에서 만나자는 말은 서울에서 만나자 거나, 뉴욕에서 만나자는 인사와는 다른 온도를 품고 있었다. 고향에 뜨거움을 두고 온 사람들의 인사였고, 여전히 뜨거움을 간직하고 있는 사람들의 인사였다. 리우가 어떤 곳인지, 어디에 있는 곳인지 전혀 모르는 나에게도 열기가 전해지는 그런 인사였다.

그날 새벽, 에디나는 집으로 돌아오는 길에 발이 아프다며 하이

힐을 벗어버리고 맨발로 걸었고, 맨발로 걷다가 춤을 한 번 더 췄고, 집에 다 와서는 토했다. 파티와 과음으로 오바이트하는 육십 대 여성을 처음 본 나는 깜깜한 길 위에서 홀로 웃었다. 그리고 리우에 가보고 싶어졌다.

에디나, 다음에는 리우에서 만납시다.

" 파티 갈 시간이잖아! "

#2

달콤한 나라의 사람들,
필립포 & 마우로

세비야Seville

SPAIN

짜다. 싱겁다. 느끼하다. 사람을 표현하는 말에는 '맛'도 있다. 한 국 사람이 매운맛이라는 비낭만적인 미각으로 표현된다면, 이탈리 아 사람은 그와 반대로 달콤함으로 정의된다. 오래 생각할 필요도 없이 '음, 달콤해'가 떠오르는 사람들. 그리고 나는 세비야에서 당도 가 서로 다른 이탈리안들을 만났다.

마드리드에서 버스를 타고 여섯 시간을 남쪽으로 달리면 안달 루시아주의 세비야에 도착한다. 남쪽으로 한 시간씩 내려올 때마 다 기온이 2도씩 올라가더니(스페인의 버스와 지하철에는 커다란 디지털 온 도계가 걸려 있고, 다음 정류장과 함께 늘 기온을 알려줬다. 기온에 예민한 나라라는 느낌이 들었다) 세비야 도착하니 급기야 섭씨 30도에 이르렀다(11월 중순이었다).

양팔을 벌리면 못 지나다닐 정도로 좁은 골목들이 마구 엉켜있는 올드 타운에 짐을 풀었다. 그 골목에는 알록달록 집들이 다닥다닥 붙어 있고 사이사이 오렌지 나무들이 빼곡했다. 《론리플래닛》에는 "당신이 생각하는 스페인은 사실 안달루시아, 세비야의 모습일 것이다"라고 적혀있었는데, 바로 맞았다. 내가 생각하던 원색의 스페인이 바로 이곳, 세비야였다.

도착과 동시에 따뜻한 기온에 마음이 탁 풀어져서 이곳에서 두어 달 살기로 마음먹었다. 그렇게 마음먹고 사흘. 어떻게 사흘이 갔는지도 모르게 맹렬히, 집을 구했다. 밤새도록 룸메이트를 구한다는 공고가 올라오는 두 개의 사이트를 뒤져서 구글 번역기를 돌려 스페인어와 영어로 메일을 보내 놓고 새벽에 잠들었다. 회사에서 지겹게 했던 경쟁 PT(프로젝트를 수주하기 위해 다른 회사들과 경쟁을 하는 것)를 하는 기분이었다. '이번 건, 내 손으로 따고 만다'라는 마음가짐으로 했다.

느지막이 일어나서 답장을 확인하고 아침을 먹고 들어와 답장을 썼다. 네이버 사전과 구글 번역기를 이용해서 집 방문 약속을 잡는 답장을 보내고 또 새로운 집을 찾고 또 메일을 보내고 약속이 잡힌 집들을 방문했다. 이렇게 반복. 62개의 메일을 보냈고, 21개의 답장을 받았고, 여섯 곳의 집을 방문했다.

세비야의 집은 이렇게 중정(중앙에 위치한 정원)을 가진 경우가 많았다.
베란다에서 고개를 내밀면 나무가 보여서 기분이 좋고,
역시나 고개를 내밀고 있는 이웃과 한참 수다를 떨기도 했다.

다섯 번째 방문한 집은 올드 타운의 좁은 골목 한쪽에 자리하고 있었다. 짙은 노란색의 아담한 3층짜리 빌라는 세비야에서 흔히 볼 수 있는 전통 가옥으로 건물이 중정을 둘러싸고 있어 아늑했다. 2층으로 올라가 목조로 된 두터운 문을 두드리니, 눈이 크고 키가 큰 이탈리아 아가씨가 수줍게 맞았다.

집안은 더 아기자기했다. 창으로 작은 볕이 드는 1층에는 부엌과 작은 거실이 있었고 계단을 오르면 큰방 하나와 작은방 하나 그리고 욕실이 있었는데, 작은방에 살고 있는 독일인 룸메이트가 다다음주에 나가서 새로운 룸메이트를 구한다고 했다.

다다음주라고? 나는 당장 내일 들어와야 하는데. 이탈리안 아가씨의 이름은 라우라. 사람이 정말 좋아 보이고, 집이 적당히 깨끗하고 적당히 어지럽혀 있고, 볕도 잘 들고, 조용하고, 창이 있는 귀여운 방도 마음에 들고, 거기다 월세도 적당해서, 바로 여기다! 싶었는데 다다음주라니.

메일로만 소통을 하다 보니 이사 가능 날짜를 서로 체크하지 못했다. 라우라는 내가 이사 날짜에 여유가 있는 줄 알았고, 나는 방이 비어 있는 줄 알았다. 울상인 나를 쳐다보며 라우라가 손톱을 물어뜯으며 말했다.

"잉글랜드 남자애가 이 방을 탐냈지만, 난 걔 별로야. 난 네가 좋아. 네가 이 집에 딱인 거 같아."

"나도야, 나도 이 집이 나한테 딱인 거 같아! 근데 난 빠르면 오늘, 늦어도 내일은 들어와야 해. 지금 묵고 있는 호텔이 정말 작고 창도 없는데 비싸서 너무너무 우울하거든."

칭얼대는 나에게 라우라가 용단을 내린 듯 눈빛을 빛내며 말했다.

"그럼 좋아. 2주 동안 내가 친구네 집에서 살다 오고, 내 방으로 독일 룸메이트가 옮겨가서 살고, 너는 그 방에서 사는 걸로 하자!"

맙소사. 이것이 이탈리안 추진력인가. 감동스러운 동시에 미안해서,

"정말? 너무 고맙긴 한데 미안하니까… 그럼 혹시 네 친구만 괜찮다면 내가 2주간 네 친구 집에 가서 살다 올까? 월세도 그쪽으로 내고."

이런 제의를 하며 '나, 천잰데?'라고 생각하고 있는데, 라우라가 폭소를 터뜨리며 말하길,

"근데 그 친구는 내 남자 친구야. 거기다 그 집은 방이 하나밖에 없는 집이야. 네가 괜찮아도 내가 안 괜찮아."

마주 보고 웃으며 사과했다. 그리고 두 달 치 계약금을 냈다. 라우라가 마음에 들어서, 장기 여행자에게 산소와도 같은 무선 인터넷이 안 되는 집인데도, 그것이 별게 아니게 느껴졌다. 나와 동갑내기인 라우라는 병원에서 신생아들 마사지를 해주는 난생처음 들어보는 직업을 가진 사람. 앞으로 두 달간 세비야에서 신생아처럼 아무것도 모르는 내게 다정한 힘이 되어줄 사람과 한 집에서 살게 됐다.

라우라는 내가 생각하던 이탈리안과는 정반대의 성격을 가진 사람이었다. 소심하고 생각이 많고, 조용하고, 쇼핑을 싫어하고, 남에게 폐를 끼치는 것을 정말 싫어했다. 여리고 좋은 사람이었다.

라우라는 세비야에서 5년째 살고 있는데, 스페인 사람들과 친구가 되는 것이 어렵다고 했다. 스페인 사람들이 생각보다 폐쇄적이어서 먼저 다가서는 것이 힘들다고 말하길래, 내가 아는 것과는 달라서 스페인 사람들, 특히나 남쪽 세비야 사람들은 낯선 사람들에게 호기심이 많고 말 거는 것을 좋아하지 않냐고 했더니 이탈리아 사람은 스페인 사람과 비슷하게 생겼기 때문에 호기심이 덜한 거 같다고 말했다. 그리고 이탈리아 사람들은 스페인 사람들보다 백배는 더 유쾌하고 말 거는 걸 좋아한다고. '아, 그러네. 내가 느꼈던 스페인 사람들의 열정적인 호기심과 유쾌함도 다 상대적인 것이었구나.'

겨울로 진입하는 세비야는 낮에는 여전히 따뜻하지만 밤이 되면 쌀쌀했다. 거실에서 TV를 볼 때는 라디에이터를 틀었는데 어느 날 그게 고장 났다. 그리고 샤워기에 물이 새기 시작했다. 그 핑계로 라우라는 남자 친구인 필립포를 집으로 불러야 한다고 말했다. 필립포는 뭐든지 잘 고친다고.

라우라가 푹 빠진 필립포는 뮤지션이다. 이탈리아에서는 꽤 유명한 밴드의 멤버로 퍼커션을 치다가 밴드가 해체하고 이곳 세비야에 와서 살게 됐는데, 이곳에서는 밤마다 바bar에서 공연을 하며 살고 있다고 했다. 하루 벌어 하루 사는 열정 가득한 뮤지션. 멋지다!

하지만 라우라는 그의 불투명한 미래와 결혼 생각이 전혀 없는 것에 늘 불안해했다. 어딜 가나 사람 사는 건 정말 비슷한 거 같다. 연초에 그녀는 결혼 이야기를 해볼까 하고 필립포에게 은근슬쩍 이렇게 물었다고 했다.

"필립포, 새해 계획은 뭐야?"

(응? 이렇게 우회해서 질문하면 탐정이라도 저변에 깔린 '결혼'은 캐치해내지 못할텐데!) 역시나, 뮤지션 필립포가 답하길,

"음악을 더 많이 할 거야."

(얼마나 멋진 대답인가. 훔치고 싶은 새해 계획!) 하지만 기대에 어긋나는 대답을 들은 라우라가 새초롬해져서,

"음악만 많이 할 거야?"

라고 반문했더니, 이 바보 뮤지션이 그제야 눈치채고

"아! 달링, 물론 너를 더 많이 많이 많이 사랑할 거고⋯"

라고 뒤늦게 달콤해졌다는 이야기. 이처럼 자유 영혼인 필립포는 라우라가 몇 번이고 초대를 해도 집에 한 번도 오지 않았다고 했다. 핑계는 "너의 룸메이트가 불편해할까 봐". 듣기에는 상당히 달콤한 매너였는데 라우라는 그가 이렇게 여자 친구와 거리를 유지하다가 어디론가 훌쩍 날아가버릴까 봐 좀 더 많은 연결 고리를 갖고 싶어 했다. 그 마음을 알겠길래 라우라가 필립포와 전화할 때 옆에서,

"필립포! 난 정말 괜찮아! 놀러와! 꼭 와줘!"

라고 말했더니, 드디어 필립포가 우리 집에 발을 들여서 라디에이터를 고쳐주기로 했다. 사실 나도 고칠 수 있는(근거 없음) 간단해 보이는 문제였지만 중요한 것은 필립포를 우리 집에 오게 하는 것이었다.

폭우가 쏟아지던 날, 우산을 생략한 뮤지션이 비닐로 된 방수 바지에 방수 재킷을 입고 스쿠터를 타고 우리 집에 왔다. 집에 들어와서 물이 철철 떨어지는 방수 바지를 벗자 그 안에 닳고 닳은 청바지를 입고 있었고 허리춤에는 낡은 수첩이 끼어져 있었다. 폭우가 쏟아져도 들고 다녀야 하는 수첩, 너무 소중해서 품 안에 품고 다니는 수첩. 무엇이냐 물었더니 악상이 떠오르면 적어두는 노트라고 답했다.

'우와, 진짜 멋지다!'라고 생각하고 고개를 돌려 라우라를 봤더니, 그녀는 이미 본인의 남자 친구에게 101번째 열렬히 반하고 있었다. 필립포는 키가 작고 눈이 깊었다. 이탈리안 뮤지션이라고 해서 나는 아주 화려한 사람을 상상했는데 필립포는 말소리도 낮고 작고 느리고 신중해서 한마디 한마디 건네는 모습이 선생님 같았다. 둘 다 내가 생각하던 이탈리안의 이미지와 많이 달랐는데, 그래서 서로가 좋아하는구나 싶었다.

필립포는 주머니 안에서 일부러 챙겨온 손전등을 꺼내 라디에이터를 속속들이 살펴보고, 툭툭 몇 번 건드려서 말끔하게 고쳐주고는 다시 방수 바지를 걸쳐 입고 산뜻하게 빗속으로 떠났다.

어느 날은 라우라가 필립포가 바에서 공연을 한다고 같이 가자고 했다. 세비아에는 도시를 가로지르는 강이 하나 있는데, 강 주변으로 멋진 바들이 많았다. 필립포가 공연을 하는 바도 그 강 근처에 있었는데, 해가 지자 사람들이 하나둘, 반짝반짝 꾸미고 강가로 나왔다.

필립포의 공연은 꽤 컸다. 기타, 콘트라베이스, 바이올린, 클라리넷, 플루트, 젬베, 필립포의 봉고까지 세션이 화려했다. 필리포는 봉고를 친다. 필립포 덕분에 그날 공연을 하는 뮤지션들과 모두 인사를 했다. 플루트를 연주하는 키 큰 이탈리안 '마우로'는 다른 플라멩코 타블로Tablo: 플라멩코를 보며 술과 간단한 음식을 먹을 수 있는 곳에서 본 적이 있는 사람이었다. 반갑길래 인사를 할 때 말을 건넸다.

"나 전에 다른 데서 네가 연주하는 거 봤는데! 정말 좋았어. 근데 네가 이탈리아 사람인 줄은 몰랐네."

마우로가 싱긋 웃으며 본인은 내가 한국인 줄 보자마자 알았다고 답했다.

"응? 어떻게?"

"한국 여자가 세상에서 제일 예쁘니까."

나는 선 자리에서 솜사탕이 되었다. 이탈리아의 학교에서는 이처럼 상대방의 얼굴에 단물을 끼얹는 표현력을 가르쳐주는지 모르겠지만 배우지 못했다고 아쉬워만 하기에는 너무 탐나는 능력이었다. '아, 나도 저렇게 대답할걸. 나도 네가 너무 잘생겨서, 너의 미소가 푸른 지중해를 닮아서 당연히 이탈리안일 거라 생각했다고 말할걸!' 나는 마우로의 준비된 자세 앞에서 부끄러웠다. 나도 꼭 저 달

위_ 매일 저녁 공연을 해서 자주 놀러가던 동네의 플라멩코 타블로
아래_ 필립포가 초대해줬던 흥겨운 밤, 맨 왼쪽의 장대한 사람이 '인간 캔디'
마우로, 그 옆의 아담한 사람이 '인삼맛 캔디' 필립포

디 단 과장법을 배워서 다음엔 한 문장으로 상대방을 천국으로 보내 버려야겠다고 다짐했다.

공연은 대단했다. 라우라는 필립포가 쟁쟁한 뮤지션들 사이에서 묻힐까 걱정했지만 각 악기들이 솔로로 치고 나오며 아름다운 소리를 뿜낼 때 처음부터 끝까지 차분하고 묵직하게 베이스를 깔아주는 봉고맨 필립포는 조금도 작아 보이지 않았다.

재즈가 끝나자 플라멩코. 그야말로 집시처럼 생긴 댄서가 나와 플라멩코를 췄다. 세비야에 살면서 일주일에 두 번씩은 플라멩코 공연을 봤는데 그동안의 공연 중에서도 가장 멋진 플라멩코였다. 바에 앉아있던 모두가 일어나서 박수를 끊임없이 치자, 댄서가 마지막 자세를 취한 채로 숨을 골랐다.

뮤지션들의 연주가 다시 시작되고 댄서가 잠시 쉴 동안, 관객 속에서 사람들이 하나씩 뛰어나와 춤을 췄다. 공연을 하기 위해 온 게 아니라 놀러 왔던 댄서들. 청바지에 셔츠를 입고 아니면 코트까지 입고 아니면 추리닝을 입은 댄서들이 한 명씩 뛰어나와 박수를 치며 적당한 타이밍에 '스윽~' 하고 음악 안으로 들어왔다. 흥에 겨운 손님들이 박수와 휘파람으로 분위기를 한껏 띄웠고 마지막으로 댄서가 등장해서 화려하게 마무리를 하고 공연이 끝났다. 꿈같은 밤이었다.

66 내 꿈은 음악, 아니 너야. 99

3

다정한 나의 둥지,
라우라

세비야Seville

SPAIN

유학을 가거나 외국에 살아본 경험이 없고, 영어가 어설픈 나는 외국인과 친구가 될 수 있을 거라 생각해본 적이 없었다. 짧은 대화는 할 수 있어도 서로에 관한 진짜 이야기를 하게 될 것이라 기대하지 않았다.

그런데 라우라는 내가 이야기를 시작하면, 그게 영화 이야기든 책 이야기든 그림이든 연애든 항상 입술에 힘을 줘서 턱을 호두 껍질처럼 만들고 들어줬다. 그 집중한 얼굴 보고 있자면 너무 신이 나서, 나는 어서 이야기를 끝내고 라우라가 생각하고 있는 것을 듣고 싶었다. 그렇게 두 달을 떠들고 듣다 보니, 나는 라우라가 외국인이라는 사실을 잊게 됐다. 그리고 알게 됐다. 상대가 외국인이라는 사실을 잊게 될 때가 바로 외국인 친구가 생기는 때라는 것을.

＋

세비야를 떠나기 하루 전, 금요일. 라우라와 송별회를 하기로 했다. 라우라는 아시아 요리를 좋아하지만 한국 요리는 먹어본 적이 없다고 해서 고민 끝에 내가 결정한 메뉴는 삼계탕과 두부 양배추 굴 소스 볶음(한국 사람이 하는 요리＝한국 요리). 동네 슈퍼에 가서 닭을 사고 중국 슈퍼에 들러 두부를 샀다. 닭 껍질을 벗겨서 기름기를 줄이고 양배추를 얇게 썰었다. 라우라가 소스 없는 닭 요리를 처음 먹어볼 거 같아서 혹시 입맛에 안 맞을까 걱정이 되길래 간장에 식초와 설탕을 넣고 찍어 먹을 수 있는 양념장(한국 사람이 만든 소스＝한국식 양념장)도 만들었다.

식탁 위에 삼계탕과 정체 모를 두부 요리와 와인 한 병과 잔 두 개를 준비해두고 기다렸더니, 퇴근한 라우라의 얼굴이 빨개졌다. 너무너무 궁금하다며 얼른 먹어보고 싶다고 나이프와 포크를 들다가 내가 젓가락으로 닭을 찢는 것을 보더니, 자기도 젓가락으로 먹겠다고 했다. 몇 번 가르쳐줬더니 라우라는 곧잘 젓가락질을 하며 잘 먹어줬다. 삼계탕은 소스에 찍지 않고도 소금만으로도 맛있다고 했다(양념장 실패?). 뿌듯한 마음에 나는 와인을 벌컥였고 라우라는 마지막 이야기를 시작했다.

라우라는 작년에 글쓰기 강의를 들었다고 했다. 아주 독특한 콘

셉트의 강의였는데, 내용을 모르는 소설의 첫 문장을 읽고 나서 사람들끼리 이 소설의 뒤 내용을 상상해서 썼다고 했다. 예를 들어, 이런 첫 문장.

아침에 일어났다. 공룡이 침대 옆에 있었다.

누군가는 공룡을 아들이라고 가정했고, 누군가는 공룡을 미래에서 온 외계인이라 했고, 누구는 자신에게만 보이는 환각이라고 했다고 한다. 조금만 들어도 너무 재미있길래 "한국에도 이런 수업이 있다면 나도 들었을 텐데!"라고 흥분해서 말했더니 라우라가 가만히 웃으며 말했다.

"있잖아, 윤주. 나는 머릿속에 생각이 정말 많은데도 그 생각을 말하려고 하면 겁이 나. 덜덜 떨려. 이 수업이 너무 좋아서 매일 이수업하는 날만 기다렸는데도 막상 수업에 가면 말하는 것이 힘들

커피를 마시러 자주 갔던
동네 카페. 에스프레소에
브랜디가 들어간 커피,
카라히요Carajillo를 호기심에
시켜봤다가 지옥의 어른맛을
경험하기도 했음

었어. 그래서 나는 네가 겁
없이 혼자서 낯선 곳을 여
행하는 것이 너무 신기하고
부러워."

뭐든 하고 싶은데 소심하
고 생각이 많고 착하고 여
린 라우라에게 나는 내가
가장 좋아하는 책이자 가장
멋진 사람이라고 생각하는

《그리스인 조르바》를 추천했다.

"《조르바》를 읽어, 라우라. 나는 《조르바》를 읽고 용기가 생겼어.
난 조르바처럼 살고 싶어."

카잔차키스의 소설을 좋아하는 라우라는 다른 책은 봤지만 아직
《조르바》를 못 봤다고 했다. 어떤 책이냐고 묻길래,

"조르바는 말이야. 내가 아는 사람 중 가장 틀이 없는 사람이야.
용감하고 동시에 다정한 사람이야. 하고자 하는 것을 해버리는 사
람이야."

라고 취기에 흥분해서 말하자, 가만히 듣고 있던 라우라가 대답했다.

"윤주, 그게 조르바라면 넌 이미 나한테 조르바야."

라우라는 도대체 어떻게, 이렇게 멋진 칭찬을 준비도 없이 할 수
있는 걸까. 나도 무언가 멋진 말을 하고 싶었는데, 이 이상의 멋진

날씨가 좋으면 자주 자전거를 타러 갔던 스페인 광장.
기대고 앉거나 누워서 일광욕 할 곳이 많았다.

말은 생각나지 않았다. 나는 시끄럽게 떠들던 입을 다물고 나에게 가장 힘이 될 수 있는 말로 나에게 용기를 주는 라우라를 쳐다봤다. 순하고 큰 눈을 가진 내 친구가 웃고 있었다.

다음 날 새벽 6시 40분. 라우라가 깰까봐 조심조심 방을 나섰다. 체감 무게 40킬로그램의 캐리어를 들고 내려가는데 캄캄한 거실에 라우라가 서 있었다.

"내가 버스 정류장까지 데려다 줄 거야. 새벽엔 술 취한 사람도 많고, 버스도 자주 안 오니까."

이별에 익숙하지 않아서, 어젯밤 술에 취한 김에 작별 인사까지 다 나눴는데 머리에 까치집을 만들고 걱정이 가득한 얼굴로 서있는 라우라를 보자 코끝이 찡했다. 라우라의 오래된 차를 타고 버스 정류장에 가서 한 번 더 포옹을 하고, 그렇게 나는 라우라라는 둥지에 안착한 지 두 달 만에 세비야를 떠났다.

라우라와는 지금까지도 가끔씩 연락을 주고받고 있다. 내가 한국으로 돌아와서 1년 정도가 지났을 때 라우라도 세비야를 떠나 영국의 캠브리지로 이사를 갔다. 세비야에 내 친구가 더 이상 없다는 것이 무언가 아쉽고 허전한 마음이 들길래, 세비야를 떠난 이유를 물었더니 라우라가 답했다.

위_ 태생적 길치라서 보고 보고 또 봐도 소용없었던 세비야의 지도
아래_ 구급차가 무사히 지나가는 장면을 목격한 후 더욱 안전하게 느껴졌던 나의 세비야

"윤주, 필립포와 헤어져서 더 이상 세비야에 있을 수가 없었어. 세비야에서는 필립포 생각을 안 할 수가 없으니까. 다행히 여기 영국에 일자리가 있다고 해서 서둘러서 왔어. 하지만 세비야는 나에게 고향 같은 곳이니까 언젠가는 돌아갈 거야. 영어 연습을 더 많이 해서 너랑 더 많이 이야기하면 좋겠다. 많이 보고 싶어."

이 메일을 보고 나는 울었다. 라우라가 나한테 그랬던 것처럼 나는 라우라에게 용기를 줄 말을 여전히 찾지 못해서 속상했다. 언젠가 다시 라우라가 세비야로 돌아갈 때, 나도 세비야에 다시 가고 싶다. 수고 많았다고 꼭 안아주고 싶다.

그게 조르바라면 너는 이미 나한테 조르바야.

4

골목길의 구세주,
아냐

마라케시 Marrakech

MOROCCO

평화로운 세비야 생활 중, 아프리카 최북단에 위치한 모로코에 가게 된 이유는 간단했다. 4.99유로짜리 라이언에어Ryan air 세비야-마라케시 편도 티켓을 봤기 때문이었다. 네? 지하철입니까?(유럽 장기 여행자라면, 라이언에어 같은 저가 항공의 할인 상품을 종종 체크해보면 좋다. '엥?' 소리가 절로 나오는 초특가 항공권이 자주 뜬다.) 난생처음 아프리카 땅을 밟아보는 데 4.99유로. 그렇게 5박 6일 일정으로 모로코에 가게 됐다. 아무런 준비 없이 아무런 생각 없이 작은 배낭을 하나 멨다.

✛

마라케시 현지 남자들의 희롱은 창의적이었다. 한번 들어가면 절대 출발지로 나올 수 없는 미로 같은 골목에서 꾸준하고 적극적인

나에게 마라케시 유일의 안전지대가 되어준 호스텔.
이곳에서 아냐를 만났다.

희롱을 당하며 자신감 저축을 모두 탕진했다. 기운 없이 숙소의 4인
용 도미토리에 주저앉아서 하루를 다 보냈던 마라케시 여행 3일 차,
부스럭 부스럭 침대에서 잘 준비를 하고 있는데 건너 침대에 새로
들어온 아가씨가 내게 다가왔다.

"저기, 나 속이 안 좋아서 밤새 방귀를 뀔지 몰라. 미안해."

그날 처음으로 나를 웃게 했던 금발의 아가씨는 "아냥"이라며
나에게 손을 내밀었다. "안녕"이라는 줄 알고 어떻게 한국어를 아
냐며 펄쩍 놀랐는데 그것은 그녀의 이름이었다. 아냥과 아냐 사이
의 어딘가의 발음, 아냐에 더 가까웠는데 폴란드에서는 흔한 이름
이라고 했다. 딱 봐도 숙련된 여행자처럼 생긴 아냐는 손에 빽빽하
게 줄이 쳐진《론리플래닛》모로코 편을 들고 있었다. 그리고 그다

《론리플래닛》을 읽으며
길을 개척 중인 나의 영웅

혼돈의 골목에서 아냐와
함께 사서 신은 우정 부츠

음 날 아침부터 나는 아냐를 따라 더듬더듬 혼돈의 마라케시로 다
시 나가게 되었다.

　아냐는 영국의 한 대학교에서 엔지니어링을 공부하는 박사 과정
의 대학원생이었는데 그 공부가 싫어서 너무 오래 걸린다고 했다.
마라케시 바로 전에는 '에사우이라Essaouira'라는 한적하고 조용한 바
닷가 마을에서 서핑을 배우며 오래 머물렀었는데, 그 마을이 너무
좋아서 마라케시는 별로라고 말했지만 여행광답게 매우 적극적으

46

로 마라케시 탐험에 임했다.

아냐 뒤를 졸졸 따라다니면서 가장 인상 깊었던 것은 아냐가 모든 삐끼들의 호객에 진심으로 응답하는 것이었다. 마라케시의 광장과 골목은 하나의 거대한 용산전자상가라고 말할 수 있을 정도로 삐끼들로 가득했기 때문에 한 명 한 명의 질문에 응대를 한다는 것은 불가능한 일이었다. 대부분의 관광객들이 대답할 생각조차 하지 않았고 나 역시 그중 하나였기 때문에, 삐끼들이 가게 안으로 들어오라고 말을 걸 때마다 시선을 돌려서 천장의 모서리 어딘가를 쳐다보며 발길을 재촉했다. 그러나 아냐는 그 골목 누구와도 다른 사람이었다. 삐끼가 말을 걸면 아냐는 발을 멈추고 정면으로 그들의 시선을 마주하며 말했다.

"그거 알아? 정말 예쁜 그릇인데, 나 가방이 너무 조그매서 더 이상 물건을 넣을 공간이 없어."

"그거 알아? 항공사 규정이라 10킬로그램 이상 가지고 탈 수가 없는데 나 벌써 20킬로그램이 넘었거든(어깨 으쓱). 어쨌든 권해줘서 고마워."

"그거 알아? 나도 그 신발이 마음에 드는데, 짐이 많아서 이번에는 못 살 거 같아."

알아들으면 알아듣는 대로, 못 알아들으면 손짓 발짓을 섞어, 모두의 호객에 정중히 대응하는 아냐. 호객하는 상인도 여행에서 만

의미를 알고 싶었던 벽화.
아냐는 지식인답게 "투표를 한 것이 아닐까?"라고 말했다.

나는 인연처럼 정성껏 대하는 아냐의 이런 태도는 한동안 나를 자
극했다.

　나는 여행에서 낯선 사람을 만나서 이야기 나누는 것이 좋다고 자
유로운 척 말해왔지만 그 낯선 사람은 내가 정한 어떤 범위 안에서
선택된 사람들이었다. 조건과 기준을 만들지는 않았지만, 몸과 마
음이 본능적으로 이야기를 시작해야 할 사람과 시작조차 하지 말아
야 할 사람을 나누고 있었다. 그 보이지 않는 기준에는 인종도 있었
고, 국적도 있었고, 성별도 있었고, 직업도 있었고, 나이도 있었고,
옷차림도 있었고, 교육 수준도 있었고 심지어 성격도 있었다. 이런
프로세스를 통해 호객을 하는 아프리카 상인 남자는 내가 이야기를

아프리카에는 언제나 태양이 쨍할 줄 알았지만,
나의 아프리카엔 폭우가 쏟아졌다.

시작하고 싶은 상대가 아니었다.

아냐에게도 이런 기준이 있는지 묻지 못했지만, 아마 있다고 하
더라도 아냐는 나보다는 훨씬 멋있는 기준을 가진 사람 또는 아주
적은 조건만 제시하는 사람으로 보였다. 그리고 아냐의 이런 휴머
니티 덕분에 나도 아냐 곁에 챙겨져서 이 도시를 여행할 수 있게 된
것이다. 아냐와 함께 무슬림 학교에 들어가서 수업을 구경했고, 길
을 찾을 수 있었고, 그 골목골목 구석진 어느 가죽 구둣방에서 귀여
운 부츠를 함께 샀고, 유명하다는 가죽 염색 현장을 봤고, 많은 음식
을 시도해볼 수 있었고 결과적으로 이 도시에서 생존할 수 있었다.

위_ 아냐가 보라고 하면 보고
아래_ 아냐가 먹으라고 하면 먹었음

모로코는 종교적인 이유로 엄격하게 음주를 금지하고 있었다. 그래서 여행자들은 비밀리에 맥주를 파는 가게를 소문으로 알아내서 미로 같은 골목 속 어딘가에서 어렵게 맥주를 사다 마셨다. 숙소의 스페인 청년들이 오른쪽 세 번째 골목의 여덟 번째 골목 왼편 어딘가에 있다고 알려준 맥주 가게를 찾다 실패한 아냐와 나는 술 대신 뜨거운 죽을 마시며 이야기를 나눴다.

그녀가 에사우이라를 그리워하는 것은 단지 한적함 때문만은 아니었다. 그곳에는 '사이드'라는 모로칸 남자가 있는데 그는 미국에서 로 스쿨을 나왔는데도 바닷가 마을에서 카이트 서핑Kite Surfing을 가르치며 살고 있다고 했다. 아냐는 그의 인생을 몹시 동경했다(일단은 동경한다고 말했다. 귀여운 아냐). 자신도 공부를 끝내면 여기저기 바닷가 마을을 떠돌며 살고 싶다고 어서 공부를 끝내야겠다고 다짐했다.

아냐는 나보다 하루 먼저 마라케시를 떠나 영국으로 돌아갔고, 나는 그녀를 배웅하고 돌아오면서 아냐가 지금처럼 멋있기를, 다시 에사우이라에 가서 사이드를 만나기를, 원하던 인생을 살기를 기원했다.

" 그거 알아? "

#5

테이블을 목에 걸고 여행하는 사람,
필리프

마라케시ㅣMarrakech

MOROCCO

마라케시를 떠나는 날. 정류장에서 공항버스를 기다리고 있는데 누군가 말을 걸었다. 몇 마디 나눠보니, 독일인 필리프는 나와 같은 세비야행 비행기를 타러 공항에 가는 길이었다. 마라케시 닷새 만에 세비야 향수병이 어마어마했던 나는 고향 사람을 만난 것처럼 반가웠다. '세비야에 가는 사람은 좋은 사람이니까(?) 필리프도 분명 좋은 사람이겠지'라고 생각했지만, 이야기를 하면 할수록 필리프는 좋은 것 이상으로 희한한 사람이었다.

필리프는 무언가 엄청 무거워 보이는 것을 들고 있었는데, 뭐냐 물으니 테이블이라고 했다. 두껍고 둥그런 돌에 화려한 모자이크 장식을 한 티 테이블Tea table. 지름이 60센티미터 정도에 언뜻 봐도 10킬로그램은 넘어 보였다. 바닥에 내려둔 검은 봉지도 필리프의 것이었는데 그 안에는 모로칸 티 포트Tea pot까지 들어 있었다.

보통의 여행자들이 '이거 집에 가져가면 정말 좋겠다!'라며 탐을 내지만, 돌아가는 길의 복잡한 여정 때문에 망설이다 포기해버리는 '무겁고 크고 깨지기 쉬운' 물건들을 필리프는 실제로 사버리는 사람이었다.

스물네 살, 어린 청년의 너덜너덜한 여권은 단 한 장의 빈 페이지 외에는 모두 아프리카 수많은 나라들의 비자와 스탬프로 빼곡했다. 필리프는 자연을 좋아해서 아프리카 곳곳의 산을 찾아가 하이킹을 한다고 했다. 또한 무슬림 문화를 몹시 좋아해서 저번에 모로코를 방문했을 때는 찻잎만 3킬로그램을 사 갔다고. 이제, 티 테이블과 티 포트와 티, 완벽한 티타임을 위한 3박자를 고루 갖췄으니 자기 방에서 매일매일 민트 티를 끓여 마실 거라고 했다.

여기까지라면야, '이 청년이 차를 참 좋아하는구나. 그래, 인생에서 한 가지 정도는 몰두할 것이 필요하지. 그건 중요한 거야'라고 생각하고 넘길 수 있지만 필리프는 (역시나 매우 무거워 보이는) 배낭을 멘 어깨를 으쓱하며 이 안에는 모로칸 뚝배기인 '타진Tagine'이 들어있다고 말했다. 그 복잡한 마라케시의 골목 시장에서 여행객의 99퍼센트가 타진 파는 가게를 기웃거리지만 그중 타진을 직접 사는 사람을 본 적은 없었는데, 여기 필리프가 샀네. 아, 쇼핑광인가. 무거운 물건광인가. 헷갈리기 시작했다.

대부분의 저가 항공사들은 비행기 티켓값이 싼 대신에 기내 수하물은 10킬로그램 이하, 소지 가방은 한 개 이하라는 엄격한 기준이 있는데, 내가 마라케시에서 만난 대부분의 배낭 여행자들은 이 기준의 두 배 이상을 넘기는 짐을 가지고 있었다. 아냐의 가방은 세 개였고, 총 26킬로그램이었다.

초저가 항공을 골라 타는 배낭 여행자들이 추가 비용을 선뜻 지불할 리는 없다. 이들이 알려준 통과 방법을 공유하자면, (믿거나 말거나) 커다란 배낭 한 개에 짐을 10킬로그램까지 쑤셔 넣고, 나머지는 모두 주머니에 넣는다. 옷에 붙어있는 주머니. 손 넣고 휴대폰 넣으라고 만든 그 주머니. 마라케시에서 흔히 파는 넉넉한 고무줄 바지에는 커다란 주머니가 달려있는데, 그 바지를 사서 입고 그 주머니에 청바지도 넣고 부츠도 넣는다. 들어간다. 골 때린다. 바지 주머니가 꽉 차면, 점퍼 주머니에도 넣는다. 옷의 주머니란 주머니에 다 쑤셔 넣는다.

항공사 규정에 따르면, 가방의 무게가 10킬로그램을 넘으면 추가 비용을 내야 하지만, 몸에 붙은 주머니에는 몇 킬로그램을 넣어도 잡아낼 수 없기 때문이다.

필리프는 주머니로도 모자라, 10킬로그램짜리 테이블을 커다란 에코 백 같은 가방에 넣어 목에 걸고 그 위에 재킷을 입었다. 일종의 목걸이라고 생각하면 된다. 안 무겁냐고 물었더니,

오른쪽_ 모로칸 민트티와 티 테이블

아래_ 없는 것이 없었던 마라케시의 시장, 필리프도
  이 골목을 쏘다니며 무거운 것들을 샀겠지.

"헬스클럽에 있다고 생각하면 돼. 지금 나는 근력 운동을 하고 있는 거지."

흔들리는 버스, 내 옆자리에 앉아있지만 동시에 헬스클럽에 있기도 한 필리프가 향후 일정을 말해줬다. 마라케시에서 세비야로 간 후, 세비야에서 반나절을 보내고 다시 세비야 공항으로 가서 바르셀로나 근처 도시인 히로나Girona로 비행기를 타고 가서 하룻밤을 자고, 아침 일찍 히로나 공항에 다시 가서, 프랑크푸르트행 비행기를 타고 집에 도착하는 일정. 목에 테이블 목걸이를 걸고 이 끝도 없고 답도 없는 여정을 하는 것이다.

황당해서 일단 웃음부터 나길래, 도대체 왜 그런 일정을 잡은 거냐 물어봤더니 이 모든 일정이 라이언에어의 저가 항공료에 의해 만들어졌다고 했다. 내가 마라케시에 오게 된 것처럼 필리프도 초특가 항공권을 검색하고 검색해서 그런 표들을 사서 연결하고 연결했더니 이런 여정이 나왔다고.

이런 노력 덕분에 마라케시에서 세 번 비행기를 갈아타고 프랑크푸르트까지 가는데 총 11유로(110유로가 아니다)가 들었지만, 프랑크푸르트 공항에서 버스를 타고 80킬로미터 떨어진 자기네 집까지 가는 데 드는 버스비가 130유로라는 것이 문제라고 했다. 독일의 교통비는 미친 듯이 비싸다며 필리프가 무표정으로 욕을 했다. 그렇게 욕하길래 당연히 130유로를 내고 버스를 타는 줄 알았는데 이 불굴의 젊은이는 자전거를 탈 거라고 했다. 여행을 시작할 때 이미 그렇게 공항에 왔기 때문에 공항에 자기 자전거가 세워져 있다고.

갈수록 난이도가 높아지는 마라톤 여정에 듣는 내가 숨이 가빠졌다. 하늘에서는 눈이 내리고 땅에는 눈이 소복이 쌓인 프랑크푸르트의 고속 도로 위를, 등에는 뚝배기가 든 10킬로그램 배낭을 메고, 자전거 왼쪽에 붙은 가방엔 10킬로그램 돌 테이블을 넣고 다섯 시간을 달릴 것이라 했다. 나는 잠시 그 장면을 상상했다. '왼쪽으로 45도쯤 기울어져 달리겠군.' 입고 있는 재킷이 얇길래 안 춥겠냐고 물었더니, 역시나 아무렇지 않은 표정으로 페달 밟는 것을 멈추지 않으면 춥지 않을 거라 했다. 야, 이 세상을 너의 헬스클럽화 시키지 마.

황당했지만 신나게 웃었다. 청춘의 호기로움과 건강함에 감동했다. 목에 돌을 건 필리프가 당당하게 짐 검사를 통과하는 모습을 흥미롭게 지켜보며 한 시간 연착된 비행기를 함께 타고 세비야로 왔다. 그 무엇에도 당황하지 않던 필리프가 세비야 공항에 로커가 없다는 사실에 무표정을 해제하고 당황하길래, 그리운 나의 노란 집에 어서 뛰어가고 싶은 마음이 굴뚝같았지만 필리프의 남은 여정이 고작 코인 로커의 부재로 어긋나는 것을 볼 수가 없어서 집에 데리고 가서 배낭과 테이블을 던져두고 반나절 세비야 투어를 시켜줬다.

오후 3시의 세비야. 햇빛이 내리쬐는 고요하고 다정한 나의 도시.

무엇이든 다 들어가는 마법의 바지

아침부터 계속 굶었으니 양이 많은 메뉴 델 디아Menu of the day: 스페인 식당들이 내놓는 점심 메뉴. 가격은 저렴하지만 에피타이저, 메인 요리, 음료까지 3코스로 푸짐하다.를 먹자고 하자 필리프는 메뉴 델 세마나Menu of the week도 다 먹을 수 있다며 독일식 농담으로 대답했지만 190센티미터 장신의 젊은이는 결국 닭고기 몇 점을 남겼다. 메뉴 델 디아의 위력이 이 정도다.

담배를 피우지 않고 술을 마시지 않고 자연을 좋아하고 경제적인 스쿠터를 타는 반듯한 청년, 필리프의 직업은 교회의 파이프 오르간 연주자. 언젠가 지리학을 가르치는 선생님이 되고 싶다는 필리프는 〈본〉 시리즈의 '제이슨 본'처럼 지도 한 번 본 것으로 세비야 도착 30분 만에 세비야 지리에 나보다 능숙해져 사거리에서 오른쪽인가 왼쪽인가 망설이는 나를 집에 데려다 주고 홀로 공항버스를 타러 나섰다.

그로부터 며칠 동안 나는 문득문득 필리프가 지금은 어디쯤을 가고 있을까 상상하며 혼자 키득댔다. 비행기 값을 아껴서 무거운 것들을 사는 필리프. 지금은 어느 나라를 자신만의 헬스클럽으로 만들고 있을까.

헬스클럽에 있다고 생각하면 돼.

'지우다' 그리고 '비싸다'

바르셀로나와 세비야에 머무는 동안 부지런할 때는 일주일에 네다섯 번, 게으를 때는 일주일에 두어 번 스페인어 학원에 갔다. 그곳이 여행지라고 할지라도, 굳은 성인의 머리에 새로운 언어를 넣는다는 것은 고된 일이었다. 일단 잘 안 들어가고, 겨우 들어간 것은 잘 나왔다. 세달 만에 입과 귀가 뚫리는 기적은 맛보지 못했지만 입을 다물고 귀에 오래도록 담아두고 싶은 이야기를 들은 적은 있다.

바르셀로나의 어학원에는 다양한 배경의 사람들이 모여 있었다. 한 달간의 휴가를 바르셀로나로 온 독일인 은행원, 남자 친구를 보러 와서 남자 친구가 일하는 시간에는 학원을 다니는 이탈리아인 옷가게 매니저, 매일 숙취가 있던 프랑스인 대학생, 르완다에서 온 목사 등 직업도 나이도 다양해서 회화 시간은 늘 문화 차이로 흥미로웠다.

어느 날은 선생님이 '비싸다', '싸다'라는 단어를 가르치면서 인생에서 사본 것 중 가장 비싼 것을 이야기해보자고 했다. 내가 기억

을 더듬으며 '컴퓨터였나? 비행기 티켓인가? 아니, 대학교 등록금인가?'라고 고민하고 있을 때, 선생님이 은퇴를 한 독일인 아저씨 학생에게 물어봤다. "아마도 너는… 집이나 차 같은 거겠지?" 그러자 아저씨가 고개를 저으며 대답했다.

"음… 나는 턱시도."

나는 아저씨를 쳐다보며 생각했다. '턱시도라니! 도대체 얼마나 비싼 턱시도길래! 아니, 아무리 턱시도가 비싸도 집보다 차보다 비쌀 수는 없지 않을까? 이 아저씨 설마… 집도 차도 없단 말인가! 은퇴한 독일인이 집이 없다니! 충격!'

나 홀로 아저씨의 은퇴 후 인생을 걱정하고 있는데, 머리가 희끗희끗한 아저씨가 더듬더듬 스페인어로 설명을 시작했다.

집이나 차는 내가 가족이랑 매일매일 사용하는 거.

그러니까 비싼 거 아니야.

턱시도는 내가 안 좋아하는 옷. 불편한 옷.

그런데 사야 했기 때문에 샀어.

그런데 1년에 한 번도 잘 안 입어.

그래서 내가 산 것 중 가장 비싼 거야.

이것을 경제용어로 무엇이라 하는지 모르겠지만, 나는 그때 처음으로 가격이 비싼 물건이 비싼 것이 아니라 각자의 기준으로 '비싸다'라는 것이 달라질 수 있다는 것을 알게 됐다. 내가 산 것 중 가장 비싼 것은 이런 수업을 듣게 해준 비행기 티켓이 아니라 어쩌면, 야근을 위해 꾸역꾸역 사 먹었던 돈가스 정식이었을 수도 있는 것이다. '비싸다'라는 형용사를 스페인어로 배우면서 한국어로 30년이 넘도록 배우지 못했던 인생도 배웠다.

세비야에는 아프리카와 아시아에서 온 이민자들이 많았다. 그래서 세비야시에서는 이민자들을 위해 무료로 스페인어를 가르치는 학교를 운영했다. 오후부터 밤늦게까지 일을 해야 하는 학생들이 많아서 이른 오전의 수업 시간에는 조는 사람도 많았지만 카디건을 입은 점잖은 목소리의 페르난도 선생님의 강의는 언제나 진지했다. 선생님은 직접 만든 책으로 스페인어를 가르쳤는데, 기초반이었음에도 불구하고 그 책에는 스페인 작가의 시도 있었고, 소설의 한 대목도 있었다. 그리고 나는 페르난도 선생님이 'borrar지우다'라는 동사의 각종 변형을 가르칠 때, 들어줬던 예문을 아직도 기억하고 있다.

'지우개'를 이용하면 '지울' 수 있습니다.
우리는 많이 쓰고 많이 '지웁니다'.
칠판이나 공책에 쓴 글을 '지우는' 일은 쉽습니다.

그러나 '지우는 게' 어려운 것도 있습니다.

인생은 '지우기' 힘듭니다.

우리는 인생의 실수나 아픈 기억을 '지우고' 싶어 합니다.

난 때때로, 내 인생을 깨끗하게 '지우고' 나서 다시 쓰고 싶습니다.

그러나 그것은 '지우고' 싶다고 '지울 수' 있는 것이 아닙니다.

이토록 심오한 '지우다' 예문이라니. 이토록 쓸쓸한 스페인어 기초반 교과서라니! 나는 선생님이 외국인에게 기초 단어를 가르치기 위해 인생에 관한 시를 썼다는 사실에, 기초 단어를 은유가 가득한 문장으로 가르칠 수도 있다는 것에 크게 감동했다.

나는 배웠던 대부분의 스페인어 단어를 잊었지만 '보라르'라는 단어만큼은 정확하게 기억하고 있다. 아마도 죽을 때까지 이 단어를 잊지 못할 것이다. 보라르. 인생에는 '지울' 수 없는 것이 있다.

6

연 날리는 서핑광,
대럴

라구스Lagos

PORTUGAL

　'부지런하다'가 영어로 'diligent'라고 번역된다면, '부지런을 떤다'는 'display diligent'라고 번역된다. 이 미묘하지만 확실한 차이에 대해서 조금 더 생각을 해보자면, 부지런하다는 것은 말 그대로 천성이 부지런해서 자연스럽게 부지런히 움직이는 것이고, 부지런을 떤다는 것은 딱히 천성이 부지런한지는 모르겠지만 부지런함을 보여주는 것을 좋아하는 성격이라서 어쩔 수 없이, 굳이 몸을 움직여서 만천하에 부지런을 떨어대는 것이라고 말할 수 있다.

　그리고 나는 후자, 부지런을 떠는 사람이다. 아무 약속이 없는 주말에도 기어코 기어나가 동네를 기웃거리는 것에 5,000보를 낭비하고, 소파에 더할 나위 없이 편안하게 누워있다가도 굳이 몸을 일으켜 빨래를 걷어와서 빨래를 개키는 와중에 퍼뜩 생각난 듯이 향에 불을 붙이는 사람이다. 그런 인간이기 때문에 어쩔 수 없이 완벽에 가까운 안락함을 기어코 내 발로 걷어차고 세비야를 떠났다.

여섯 시간 버스를 타고 도착한 곳은 포르투갈 남부의 작은 도시, 라구스였다. 라구스는 바다와 강, 산과 절벽을 고루 갖추고 있어서 생각할 수 있는 거의 모든 레포츠를 즐길 수 있는 곳이었다. 다시 말해, 부지런 떠는 인간에게 최적화된 도시였다. 독일인과 영국인이 사랑하는 도시라 실제로 여름이 되면 인구의 80퍼센트가 이들로 북적인다고 했다. 부자 유럽인들은 라구스에 여름 별장을 사두고 포르투갈 사람들에게 역으로 세를 주기도 했다.

이른 은퇴를 하고 이곳에 정착한 영국인들도 많았다. 관광객을 상대로 다이빙, 서핑, 마운틴 바이크, 승마 강습소 등을 운영하며 살았다. 포르투갈어를 할 줄 아는 사람은 거의 없었지만 그렇다고 으스대며 사는 것은 아니었다. 도시의 빡빡함이 싫어서 고향의 삶을 접고 자연 가까이로 와서 소박하고 게으르게 사는 사람들이었다.

내가 라구스에서 떤 첫 번째 부지런은 카이트 서핑이었다. 내 서핑 코치도 본국의 삶이 싫어서 떠나와 라구스에 정착한 영국인이었다. 만나기로 약속한 다리(라구스에서의 약속은 거의 대부분 이 다리 앞에서 이루어진다) 앞으로 서핑 코치를 만나러 갔다.

"안녕! 정말 좋은 날씨네!"

라고 인사했더니, 그가 고개를 갸웃거리며 대답했다.

"안녕! 근데 너한테는 별로 안 좋은 날씨인 거 같아."

코치는 날씨가 지나치게 좋아서, 바람이 전혀 불지 않아서, 오늘 카이트 서핑은 무리일 거 같다고 했다. 그래도 한번 가보자길래 오른쪽에 운전석이 있는 영국식 차에 올라타 바람을 찾으러 바닷가를 돌아다니며 그의 이야기를 들었다.

건축 기술을 가지고 있는 '대럴' 또는 '다럴' 또는 '다릴'이라는 발음이 어려운 이름을 가진 이 아저씨는 10년 전쯤 직업을 잃었다고 했다. 직업을 잃은 김에 히피처럼 부인과 함께 유럽 구석구석을 떠돌며 여행하다가 이곳, 라구스에서 카이트 서핑을 처음 해보고 나서는 아예 눌러앉았다고 했다. 지금은 서핑을 가르치고 중간중간 고장난 집을 수리하면서 살고 있다.

"2003년에 카이트 서핑을 처음 접한 이후로 나와 내 부인의 인생은 완전히 바뀌었어. 돈을 벌기 위해 사는 인생에서 좋은 바람과 바다를 찾기 위해 여행하는 인생으로. 그렇게 옮겨 다니다 보니 좋은 친구들이 그곳에 있었어. 호주 친구. 미국 친구. 그리고 너, 한국 친구."

활짝 주름진 대럴의 얼굴을 보고 있자니, 소설가 김연수가 본인의 에세이에 썼던, 여행 중에 만난 60대의 히피 여성의 이야기가 생각났다.

날씨가 좋으면 부지런 떨 생각하지 말고 낮잠을 자는 게 최고

마리화나를 만난 이후로 내 인생은 완전히 바뀌었어.

이혼을 하고 여행을 떠나고 불법 체류자가 되고 산책을 시작했지.

(실제 문장과는 많이 다르다. 기억하고 있는 내용을 적었다.)

　이 이야기를 읽을 때도 나는 이런 극적인 순간이 내 인생에도 올까 궁금했다. 살다 보면 인생의 방향성이 완전히 바뀌는 사건을 만나게 되는 걸까. 그런데 대럴의 인생에는 그 순간이 온 것이다. 어떤 바다에도 바람 한 점이 불지 않아서, 서핑은 포기. 내일 아침에 날씨를 확인하고 메일을 보내겠다는 대럴과 악수를 하고 헤어졌다.

다음 날 아침 11시, 대럴을 다시 만났다. 바람이 불고 비도 살짝 내리지만 좋은 날씨라고 했다. 아무도 없는 해변에서 베이비 카이트Baby kite라고 불리는 연습용 작은 연을 가지고 연 날리는 방법을 먼저 배웠다.

우리에게 익숙한 방패연이나 가오리연을 연상하면 곤란하고, 패러글라이딩처럼 펼쳐진 날개 모양을 상상하는 것이 더 근접하다. 1.5미터 길이 연의 양 끝에 10미터의 얇은 줄 두 개가 연결되어 있다. 그 두 개의 줄이 연결된 핸들을 쥐고 연을 날게 하는 것이다.

산악 바이크와 승마,
라구스에서 떨었던 부지런들

바람을 등지고 서서 살랑살랑 핸들을 움직이면 연이 뜬다. 왼쪽 줄을 당기면 왼쪽으로, 오른쪽 줄을 당기면 오른쪽으로 연이 방향을 트는데, 계속 떠있게 하려면 12시 방향으로 조준된 핸들을 11시 방향으로 틀어서 뫼비우스의 띠를 그리고 다시 1시 방향으로 바꿔서 뫼비우스의 띠를 그린다(무슨 말인지 도통 모르겠는 것이 맞다. 나는 대릴의 시범을 보면서도 무슨 말인지 못 알아들었다). 두 팔로는 이 동작을 반복하면서 연을 날리고, 두 다리는 보드에 고정시켜 바다를 타는 거라고 했다.

연습 단계라서, 보드 위가 아니라 모래 해변에 두 발로 딛고 서서 연만 날리는 데도 연을 붙잡고 균형 잡는 것이 쉽지 않았다. 한 시간 반 가량의 맹연습 후, 이제 연 좀 날리겠다 싶어 한숨 돌리는데, 대릴이 귀신 같이 알아채고 실전으로 들어가자고 했다. 이럴 때는 히피가 아니라 영국인 같았다.

서핑 슈트로 갈아입고 연습용보다 세 배는 더 큰 5미터 길이의 연을 들고 얕은 바다로 들어갔다. 슈트를 입었어도 바닷물이 차가웠는데, 대릴은 오늘 기온이 섭씨 15도이고 수온도 15도라서 기온과 수온이 같으면 추위를 덜 느낀다며 물에 들어가기 좋은 날씨라고 했다. "물속에서도 춥고 물 밖에서도 추우면 그게 좋은 날씨의 기준인 거야?"라고 질문하고 싶었지만 연날리기보다 어려운 것이 대릴의 영어를 알아듣는 거였기 때문에, 듣는 데 힘을 쓰느라 입을 뗄 수가 없었다.

20년을 배워도 영어 초보자라 외국인과 대화할 때 몹시 집중을 해야 하는데, 대릴이 강력한 영국 악센트를 탑재한 빠른 말로

"나 보지 말고! 연을 봐야지! 바람을 읽어야지! 당겨, 당겨! 힘 빼,

힘 빼! 12시 방향! 1시 방향! 그건 2시지! 다시 11시! 밀어, 밀어! 왼쪽, 왼쪽!" 등의 가르침과 함께

"윈드 윈도! 리딩 브리지!"

등의 서핑 용어를 잔뜩 써대서는 나는 양 귀를 팔랑이며 당기라고 할 때 밀고 있고 밀라고 할 때 당기고 있었다. 'Push'와 'Pull'이야말로 평생 헷갈리는 단어 아닌가! 커다란 연이 바람을 타면 그 힘은 상상 초월이라, 서 있어야 하는 순간에 이미 바닷물에 코를 박고 있었다.

1시 방향으로 연을 움직이면, 내 몸이 1시 15분을 가리키며 날아 갔다. 연이 날기 전에 내가 먼저 날 거 같았다. 고무 인간처럼 휘어 지는 나를 보며 대럴이 무릎을 꿇으라고 했다. 굴욕적이었지만 바닷 속 모래에 무릎을 깊게 박고 앉으니 중심 잡기가 조금은 수월해졌다. 그렇게 겨우, 무릎을 꿇은 채로 연이 끄는 대로 바람을 타게 됐다.

파란 하늘에 오렌지색 거대한 연이 둥실하게 떠 있는 모습은 아름 다웠다. 나는 파도와 모래의 움직임 사이에서 겨우 버티고 있는데, 하늘에 떠 있는 연은 아무런 저항감 없이 자유로워 보였다.

연이 나는 모습이 기분이 좋다고 말하자, 대럴이 자기도 그것을 좋 아해서 가끔은 서핑하러 나왔다가 연만 띄워놓고 놀다가 간다고 했 다. 대럴은 12미터의 연을 타고 서핑을 한다고 했다. 5미터 연으로도 날 수 있을 거 같은데, 12미터라면 달까지도 날아갈 수 있지 않을까.

"지금까지 가르쳐본 학생 중에 내가 최악이야?

수업을 마치고 주섬주섬 연을 챙기면서 물었더니, 대럴이 표정 하나 안 바꾸고 영국인답게 답했다.

"오늘밤에 생각 좀 해볼게."

보드 한 번 못 타보고 세 시간의 레슨이 끝났다. 레슨은 보통 총 아홉 시간. 대럴이 날씨를 확인해서 다음 레슨 시간을 알려주기로 했다. 헤어지면서 다럴에게, 최악의 학생에서 벗어나고자 각오를 불태우며 말했다.

"내가 이거, 타고 만다. 다음엔 반드시 탈 거야."

대럴이 역시 애는 안 되겠다는 표정으로 답했다.

"그 생각이 제일 나빠. 너무 열심히 하면 안돼. 아무 욕심 없이 그냥 즐겨야 연을 탈 수 있어."

불끈 쥔 주먹에 힘이 빠졌다. 열심히 하지 않아야 최고의 학생이 될 수 있다니. 그날 이후로 나는 무욕의 서퍼가 되기 위해 바람이 불기만을 기다렸지만, 이런 간절함도 욕심이었는지 라구스의 날씨는 내내 바람 한 점 없이 평화로웠다. 덕분에 나는 끝내 연을 타지 못했다.

66 욕심이 없어야 연을 탈 수 있어. **99**

7

욕쟁이 여행광,
베르후르

라구스Lagos

PORTUGAL

1월은 포르투갈 여행의 가장 비수기라고 했다. 그래서 휴양지로 유명한 라구스의 거리에도 사람이 별로 없었다. 호텔이나 레스토랑은 아예 한두 달간 문을 닫고 휴가를 간 경우도 많았다.

한적한 거리에서 반복해서 마주치는 사람이라고는 놀라울 정도로 깔끔한 차림새의 노숙자 정도였다. 아침에 마주치면 나에게 먼저 "굿모닝!"을 외친 후에 자연스럽게 "돈 좀 있니?"라고 물어봤다. 주머니에 있던 동전을 건네는 날이면, 담백하게 "고마워! 좋은 하루 되렴!"이라고 말했고, 돈이 없다고 말하는 날에는 "걱정 마! 좋은 하루 되렴!"이라고 활기차게 답하고 어디론가 사라졌다. 노숙자의 바람 덕분인지 나는 정말 라구스에서 일 없이 좋은 하루하루를 보냈다.

호스텔에도 손님이 거의 없으니 비수기 가격을 책정하고 있었는데 내가 묵었던 호스텔은 1박에 7유로였다. 묵어본 숙소 중 최저가였다. 이곳에서 2주 정도를 머물렀는데 손님이 없어서 도미토리임에도 불구하고 호스텔 전체를 혼자 다 누렸다.

이 호스텔은 이상했다. 3층짜리 아담한 빌딩의 1층은 부동산, 여행사 등 업종이 다양한 사무실이고 두 명의 직원이 일을 하고 있다. 그 빌딩의 2층과 3층이 호스텔이었는데, 2층에 여자용 도미토리가 하나, 남자용 도미토리가 하나. 3층은 시설이 제대로 갖춰져 있는 공용 부엌과 공용 거실, 그 위로는 전망이 좋은 테라스였다.

보통의 호스텔이 아니라서 평일 저녁과 토요일 점심 이후, 사무실 직원들이 퇴근하면 손님만 남게 됐다. 그렇게 혼자 덩그러니 남겨지기를 며칠, 마침내 손님이 한 명 들어왔다. 벨기에 청년, 베르후르. 이 이름에 1퍼센트의 확신도 없다. 세 번 물어봤는데 발음이 너무 어려워서 따라 할 수조차 없었다. 베르후르가 부엌에서 닭고기를 굽고 감자를 찌고 뭔가 대단해 보이는 요리를 하고 있길래 냉동 피자를 오븐에 넣으면서 말을 걸어봤다.

"요리 좋아하나 봐?"

"안 좋아하는데 부엌이 아까워서 하고 있어."

저기, 누구 없어요? 여기, 사람 있어요!

베르후르 말이 맞다. 이 부엌은 호스텔의 다른 공간에 비해 그리고 포르투갈의 어느 호스텔에 비교해서도 이상할 정도로 최신식이었다. 전등 스위치 옆에 용도를 알 수 없는 기기판이 붙어있는데 그 중 버튼 하나를 누르면 라디오가 나왔다. 베르후르에게 가르쳐줬더니 "왓 더 퍽!"이라 답하며 껄껄대고 웃었다.

호스텔에서 걸어서 20초 거리의 마을 문화 센터에서 무료 클래식 공연을 한다길래, 달리 할 일도 없는 여행객 둘이 함께 가기로 했다.

1 호스텔 밑 사무실에 걸려 있던
  킥복싱 학원 포스터(자세히 보면 한글이
  써있다. '이연걸, 그는 이미 지쳤다.').
  한국인은 커녕 포르투갈인조차 드물었던
  비수기 라구스에서 한글을 발견하고
  혼자 폭소했다.
2 나 홀로 머물렀던 4인용 도미토리
3 부엌을 쓰기 위해 했던 요리

베르후르는 메탈 외의 공연을 보는 것이 난생처음이라고 했다. 클래식은 들어본 적도 없다고 하길래, 난 두어 번 정도 클래식 공연을 가봤다며 거들먹거리고 앉았다.

막이 오르고, 꼬마부터 노인까지 동네 주민들로 구성된 아마추어 오케스트라가 흥겨운 클래식을 연주하는데 실수 연발. 솔로 색소폰마저 삑사리를 내버렸다. 색소폰 소녀가 얼굴을 푹 숙이고 속상해하길래 엄마의 마음으로 박수를 마구 쳤다. 이어서 70대 할아버지의 솔로 성악 파트. 고음에서 쓰러지실까 봐 어찌나 불안하던지 가슴을 졸이며 들었다. 무대 하나가 끝날 때마다 박수를 마구 쳤다. 태어나서 이렇게 집중하며 들었던 클래식 공연은 처음이었다. 옆에서 휘파람을 불고 발을 구르고 난리던 베르후르가 말하길,

"왓 더 퍽킹 퍼니 콘서트!"

베르후르와 나 외의 관객은 모두 연주자의 가족들인 거 같았다. 발을 구르며 브라보를 외치고 기립 박수를 보냈다. 공연의 흥을 이어가고 싶어서, 바에 갔다. 토요일 밤 10시인데 바가 한산했다. 바텐더 둘만이 시끄러운 음악에 맞춰 흥겹게 춤을 추고 있었다.

맥주를 한 잔씩 시켜놓고 베르후르의 여행 이야기를 들었다. 베르후르는 러시아, 몽골, 중국, 유럽 전체, 태국, 미국, 남미 등등 안 가본 나라보다 가본 나라가 많은 거 같았다. 중국에서 식중독에 걸리고, 한여름에 꽁꽁 언 바이칼 호수 위를 걷고, 모든 상점이 5시에 문을 닫는 러시아의 거리에서 배가 고파 음식을 찾아 헤매다 마피아를

만나고, 몽골의 게르에서 얼굴 위로 지나가는 이름 모를 동물 때문에 잠을 못 이루고, 결국 그 동물을 몽골 소녀가 막대기로 쫓아줘서 겨우 잠을 이루고, 네팔에서 마오이스트에게 돈을 주기 싫어서 뻗대다가 총 맞을 뻔하고, 비행기를 안 좋아해서 게딱지만 한 버스를 60시간 타고 이동하고 등등, 끝도 없이 이야기가 나왔다. 몽골에서 한국 맥주도 마셔봤다고 하길래 어땠냐고 물었더니,

"내 생애 최악의 맥주였어."

어쩐지 그래야 할 거 같길래 사과했다. 몰랐는데, 벨기에에서는 정말 많은 유명 맥주들이 만들어지고 있었다. 독일보다 훨씬 다양한 브랜드의 맥주가 있다고. 나도 가보고 싶다. 벨기에.

"여행해본 나라 중에 하나를 꼽아야 된다면, 어느 나라에서 살고 싶어?"

난 이 질문을 좋아한다. 너무 재미있다. 그래서 만나는 여행자들과 술을 마실 때마다 꼭 이걸 물어보는데 여행광 벨기에인 베르후르가 말하길,

"산다면, 당연히 벨기에."

여행광 중에 이렇게 단호하게 고향에서 살고 싶다고 말하는 사람은 처음이었다. 나도 분명 이제는 살아야 한다면 '한국'이지만 누군가 내게 같은 질문을 한다면, 내 대답은 '당연히 한국'이 되지 못하고 '그럼에도 불구하고 한국'일 것이기 때문에 순간 베르후르가 매

우 부러웠다. 이렇게 좋은 응답자를 만났는데 부러워만 하고 있을
수 없어서 서둘러 다시,

"벨기에 빼고는?"

"와이프가 있나 없나에 따라 그건 달라질 거야."

라는 영리한 대답.

"와이프가 있다면?"

"그럼 몽골."

"왜?"

"몽골 최고잖아. 말 타고 산 타고. 근데 거긴 혼자는 외로워서 안
돼."

"와이프가 없다면?"

"그럼 동유럽."

"왜?"

"벨기에랑 가깝고 문화가 비슷해서 여자 만나기도 더 쉽고."

나만큼이나 할 일 없이
여유로웠던 히피

대부분의 1인 여행자들에게 외롭다는 말은 일종의 금기와 같아서 아무도 그것을 감히 말하지 못하는데, 이 건장한 여행광 청년도 혼자 하는 여행에 때때로 외로움을 느낀다는 것, 이 독립적인 유럽인도 여행을 함께 할 평생의 파트너를 꿈꾼다는 사실에 당연한 것인데도 위안을 받았다. 흥겨운 취중 수다를 떨고 덕분에 취해서 호스텔로 돌아와 전기담요를 켜고 아주 잘 잤다.

느지막이 일어나서, 해장 좀 해볼까 하고 부엌으로 올라갔다가 베르후르를 또 만났다. 숙취가 없냐고 물어보려는데 베르후르가 말하길,

"나 어젯밤, 그 바에 다시 갔잖아."

"왜?"

"침대에 누웠다가 덜 마신 기분이길래, 다시 가서 두 잔 더 마셨어."

맥주만 마신다고 깔볼 게 아니다. 벨기에인은 술이 세다.

" 혼자는 외롭잖아. "

8

상상 밖의 가족,
요르크 패밀리

빌라 노바 드 밀폰테스Vila Nova de Milfontes

PORTUGAL

어떻게 하면 좋은 사람들을 만날 수 있을까. 어떻게 하면 좋은 사람들을 만나서, 나도 좋은 사람인 척하며 살 수 있을까. 이 질문에 대한 답은 의외로 간단하다. 첫 번째 좋은 사람을 만나면 되는 것이다. 간절한 마음으로 돌아다니다가 좋은 사람 '한 명'을 발견하게 되면, 그다음은 볕 좋은 날 목 좋은 곳에 낚싯대를 드리우고 앉아있는 것처럼 순조롭다.

좋은 사람 곁에는 약속한 듯이 좋은 사람들이 있기 때문에, 첫 번째 좋은 사람을 슬쩍 당기는 노력만으로도 두 번째, 세 번째 좋은 사람들이 줄지어 매달려오는 것이다. '도대체 그 동안 다들 어디에 숨어있었던 거야?'라고 감탄하며 웃을 수 있게 된다. 기억해두자. 첫 번째 좋은 사람은 두 번째 좋은 사람을 물고 온다.

빌라 노바 드 밀폰테스. 뜻은 천 개의 분수를 가진 마을. 석양과 일출이 멋진 작은 서쪽 끝 바닷가 마을. 《론리플래닛》의 이 두 문장만 믿고, 라구스에서 버스를 타고 두 시간. '빌라 노바 드 밀폰테스'라 불리는 작은 마을에 갔다.

도착한 밀폰테스는 장대한 파도가 치는 마을이었다. 분수는 한 개도 없었다. 친구가 딱 한 명만 있다면 이 마을이 쓸쓸하지 않을 거 같길래, 카우치서핑www.couchsurfing.org에 들어갔다. 과연 이 작은 마을에 카우치서퍼가 있을까 하는 마음으로 장소 검색창에 '밀폰테스'를 쳐 넣고 엔터를 눌렀더니 리스트에는 딱 한 명, 실뱅이 나왔다. 메시지를 보냈다.

비행기 조각상이 있는 공터에서 기다리니, 저 멀리서 갈색 곱슬머리를 높게 묶은 작은 체구의 청년이 작은 가방을 들고 나타났다. 스물여섯 살의 파리 근교 출신인 실뱅은 포르투갈에 일을 하러 와 있다고 했다. 직업은 잔디 기술자. 잔디를 키워서 축구장이나 정원에 판다고 했다. 이것이 첫 직업. 나름 잔디계의 대기업에 취직을 했는데, 아뿔싸. 두어 달도 지나지 않아 회사가 무슨 소송에 걸려서 실뱅이 몸담고 있는 프로젝트가 무기한 미뤄졌다고 했다. 그로부터 한 달이 지났지만 법원은 아직도 판결을 내리지 않았고 그래서 실뱅은 회사가 준 집에서 회사 노트북을 쓰고 회사 차를 굴리고 월급을 타며 시간을 때우고 있다고 했다. 세상에서 제일 부러운 월급 루팡.

그런데 이 정직하고 꿈 많은 청년은 어서 빨리 일을 하고 싶다고 했다. 친구들은 일을 하면서 재미있는 것도 많이 배우는데 자기는 멍청한 보스 만나서 일 없이 놀고 있다고 아쉬워했다. 이 작고 작고 작은 마을 밀폰테스에서 친구는 없고 시간은 너무 많아서 괴롭길래, 누가 찾아올까 의심스러웠지만 카우치서핑에 가입했다고 했다. 그리고 받은 첫 메시지가 바로 내가 보낸 메시지. 사전만큼 두꺼운《론리플래닛》스페인·포르투갈 편에서 달랑 반 페이지를 장식하고 있는 이 작은 마을을 찾아온 나를 몹시 신기해했다.

실뱅이 들고 온 조그만 가방이 궁금하길래 뭐냐고 물었더니 주섬주섬 가방을 푸는데, 우쿨렐레가 나왔다. 어쩐지 익숙한 크기였다. 우쿨렐레라고 하면, 내 여행 가방의 1/5을 차지하고 있던 악기. '장기 여행자라면 모름지기 악기 하나 정도는 가지고 있어야지! 심심할 때마다 조금씩 연습하다 보면 유럽의 낯선 길에서 맥줏값이라도 벌 수 있지 않을까!' 하는 낭만적인 꿈을 품고 모두가 말리는 데도 가방에 욱여넣었던 바로 그 악기다.

하지만 여행을 떠난다고 악기치가 악기신이 되는 것은 아니었기 때문에 여행 내내 내 여행가방의 한 자리를 차지하고 있던 처치곤란의 아름다운 악기. 하지만 실뱅은 나와 같은 종류의 인간이 아니었다. 연주할 줄 아냐고 물었더니 대답 대신 즉석 연주를 하며 노래를 불러줬다. 〈오버 더 레인보우〉.

실뱅은 훌륭하게 노래를 마치고 쑥스러워하며 가방에 우쿨렐레를 넣더니 작은 종이봉투를 꺼냈다. 자기가 가장 좋아하는 포르투갈 간식을 사왔다며 파스텔 드 나타^{Pastel de nata: 포르투갈 전통 에그타르트}로 포르투갈에 놀러 가면 누구나 먹게 되는 간식인데 정말 맛있다. 아침 식사로도 손색없다 를 꺼냈다.

다 먹고 나니 곧 해가 질 시간이라며 차를 타고 밀폰테스 반대편의 바닷가, 석양이 엄청나다는 곳으로 가보자 했다. 5분 정도 달리자 종말적 분위기가 나는 기암절벽들이 나타났다. 기암절벽 아래로는 파도가 몰아치는 바다였는데, 때마침 엄청난 일몰이 시작됐다. 실뱅은 여기가 너무 좋아서 프랑스에 사는 가족들을 초대하기도 했는데 그의 가족들은 이번 여름, 이 절벽 앞에 집을 빌려서 휴가를 즐길 거라고 했다. 바람이 엄청나게 불어서 머릿속까지 씻기는 기분이었다.

머리를 산발하고 실뱅의 집에서 저녁을 해 먹기로 했다. 밀폰테스의 집들은 대부분 아담한 크기에 하얀 벽과 파란색 문을 가진 전통 포르투갈 가옥이다. 실뱅의 집은 소파가 있는 아늑한 거실과 조그만 부엌과 방을 제대로 갖췄다. 거기다 바로 옆집은 혼자 쓰는 사무실이라고 했다. 잔디 만드는 회사가 부자인가 보다.

실뱅이 무슨 요리를 해 먹을까 고민하더니, 나한테는 미안하지만 볶음밥을 해 먹는 게 어떻겠냐 물었다.

"왜 미안해?"

"너는 멀리 한국에서 왔으니까 포르투갈 요리를 해줘야 되는데 아시안 요리를 해주니까."

하지만 나는 고향 떠나 볶음밥을 먹어본 지가 오래였기 때문에 생각만 해도 침이 고였다. 라오스를 6개월간 여행한 적이 있는 실뱅은 아시안 요리에 몹시 관심이 많았다. 슈퍼에서 이거 저거 장을 봐서 볶음밥을 해 먹고 실뱅이 만들어준 달콤하고 독한 프랑스식 칵테일을 한 잔 마시고 와인을 마시면서 수다를 떠는 중에도 실뱅은 중간중간 기타를 연주하거나 우쿨렐레를 연주하면서 노래를 불렀다.

실뱅의 인생 애니메이션인 〈이웃집 토토로〉와 인생 만화인 《20세기 소년》에 대해 수다를 떨고 무라카미 하루키와 박찬욱에 대해 이야기했다. 실뱅은 자연과 등산을 좋아해서 잔디를 키워서 파는 자신의 일 역시 좋아하지만 한편으로는 프로페셔널 뮤지션이 되고 싶기도 한데, 언제나 자기는 어느 정도 이상의 수준으로 넘어가지를 못한다고 안타까워했다. 내가 보기엔 더없이 훌륭하더라.

저가 항공인 라이언에어와 국제적 놀이터인 카우치서핑이 자기 인생의 혁명이라면서 내가 그간 만났던 카우치서퍼들과 5유로짜리 마라케시행 라이언에어 이야기를 해주니 몹시 신나 했다. 그리고 옆집 사무실에 침대가 하나 더 있으니 본인은 거기서 자도 되니까 자기 집에 와서 머물러도 된다고 말해줬다.

만난 지 반나절이 지났을 뿐인데 정말 많은 이야기를 나눈 거 같은 기분이었다. 혼자 여행에서 그리운 것은 언제나 수다. 너무나 즐 거운 밤이었다. 실뱅이 밀폰테스에서의 계획이 뭐냐고 묻길래, 아 무것도 없다고 말했더니, 그럼 친한 아저씨네 농장으로 함께 일을 하러 가자고 했다. 다음 날 아침에 다시 만나기로 약속하고 호스텔 로 휘청휘청 돌아왔다.

다음 날 아침 일찍, 호스텔에서 짐을 꾸려서 체크아웃을 하고 어 질어질한 숙취를 이겨내며 실뱅네 집으로 향했다. 하얀 벽에 파란 페인트칠을 한 문, 모두 똑같아 보이는 이 마을의 집들 때문에 술도 안 깬 머리가 어지럽고 도저히 간밤에 머물렀던 집을 찾을 수 없길 래 실뱅에게 전화를 했다. 골목 끝에 그냥 서있으라고 하길래 서있 는데, 저 멀리 똑같은 집들 사이에 문이 하나 열리더니 떡 진 곱슬머 리의 창백한 숙취인이 비칠대며 걸어 나왔다. 나에게 전화가 오자마 자 길을 잃었다는 것을 직감했다고.

가방을 집 안에 넣어두고, 프랑스인에게 더없이 중요한 모닝커피 를 함께 마시고 정신을 차리자고 서로를 독려하며 함께 독일인 아저 씨의 농장으로 출발했다.

밀폰테스에서 20분 정도 차를 몰고 산으로 산으로 산으로 올라가 다 과연 이런데 사람이 살까 싶은 기분이 들 때쯤 꽤 큰 집이 나왔다. 실뱅이 농장에 가서 일을 하자고 했을 때 아무런 수식어 없이 농장 이라고 말했기 때문에, 정말 그냥 농장인 줄 알았다. 대나무가 있다고 하길래 그냥 대나무 몇 그루가 있을 줄 알았다. 하지만 도착한 곳은 어마어마한 규모의 숲이었고, 그 속에 번듯한 집 한 채가 있었다.

실뱅이 친구라고 소개시켜준 독일인 아저씨는 요르크라고 했다. 요르크는 27년 전 스물일곱 살의 나이에 포르투갈을 여행하던 중 이 자연에 반해서 독일을 떠나 나 홀로 포르투갈행을 결심. 500 헥타르의 산을 사서 집을 짓고 정원을 꾸미기 시작했다고 말했다.

집 안으로 들어가자 역시 독일인답게 빈틈없이 꾸며놓은 인테리어. 벽난로 덕분에 따뜻한 부엌에는 취향이 확실한 가구와 식기들이 단정하게 빼곡했다. 부엌을 지나 문을 열고 거실로 들어가면 푹신한 소파들과 귀여운 컬러의 쿠션들. 거실에도 역시 멋진 벽난로가 있었고 타닥타닥 규칙적인 소리가 났다.

그리고 놀랍게도 거실 한가운데에 그랜드 피아노가 있었다. 요르크의 부인은 스웨덴인인데 피아노 선생님이라고 했다. 실뱅은 피아노 선생님을 찾다가 이 집을 알게 됐다고 했다. 실뱅이 피아노를 연주하는데, '피아노도 잘 치는데?'라고 생각했지만 나는 지금 이 집에 감탄하느라 발을 멈출 수가 없었다.

집의 전면은 통 유리로 되어있어 아까 밖에서 봤던 그 경치를, 그 대규모 숲을 그대로 볼 수가 있었고 거실의 끝, 가장 깊숙한 곳엔 침실이 있었다. 역시나 아무도 보는 사람이 없으니 침실의 전면도 유리창으로 되어있어서 자연 채광이 엄청났다. 침대로 쏟아지는 풍요

위_ 요르크 아저씨네 정원 혹은 숲 혹은 밀림
아래_ 대나무를 자르는 중인 요르크과 실뱅

걸터앉아서 삶은 감자와 와인을 마시며
만화책을 읽고 싶었던 거실의 벽난로

로운 볕. 나무가 만드는 잎사귀 그늘. 그렇다면 밤에는 별이 쏟아지는 걸까. 달을 보며 잠드는 걸까.

감동으로 타는 입술에 침을 묻혀가며 침실에서 나오는데 요르크가 2층에 올라가 보라고 했다. 좁은 나무 계단을 따라 올라가니 피아니스트가 사는 집답게 DVD와 음악을 감상할 수 있는 아늑한 공간이 있었다. 음악을 내 마음대로 고르라고 하며 CD로 가득한 장을 보여주는데 클래식, 재즈, 보사노바, 삼바에 이름 모를 제3 세계 음악들까지 뭘 골라야 할지 고민만 하루 종일 할 수 있을 정도로 CD의 양이 방대했다. 심장이 쿵쿵 뛰길래 보사노바를 하나 골라 들었다. 다시 1층으로 내려오니, 집 전체가 보사노바로 들썩이네.

포르투갈 남부는 아무리 추워도 영하로 내려가는 일이 없으니까 집들이 난방 시설을 제대로 갖추지 않아서 겨울에는 실내가 더 춥기도 했다. 그런데 이 집은 요르크의 꼼꼼한 설계 아래, 부엌 벽난로에 불을 지피면 훈기가 집안 전체를 감돌았다. 이렇게 어마어마한 집을 처음 봐서, 이렇게 사는 사람들을 처음 봐서, 한참을 넋을

놓고 서성였다.

처음 방문해보는 집이라고 해도, 특히나 서울에서 누군가의 집에 가면 대략적인 집의 구조가 그려진다. 집에는 전형성이라는 것이 있으니까 '아, 저기가 화장실이겠구나. 아, 저기가 큰 방이겠구나' 하는 감이라는 게 오는 것이다. 하지만 이 집은 정말 달랐다. 집이 자리한 위치부터 구조와 크기, 햇살의 양까지 모든 것이 나의 예상 밖에 있는 공간이었다. 그리고 그 모든 예외의 공간이 구석구석 아름다웠다.

집 구경을 마친 후는 약속했던 대로 요르크의 일을 돕기로 했다. 첫 번째 일은 통나무 나르기. 실뱅은 그냥 이런 생활이 좋아서 자발적으로 가끔 이곳에 와서 일을 돕는다고 했다. 늘 일손이 부족한 요르크는 실뱅이 도와주는 것이 고마워서 일당을 주고 싶어 하는데 실뱅이 한사코 거절을 해서 일 중간중간에 맛있는 요리를 해주는 것으로 거래를 맺었다고 했다.

요르크의 트럭을 타고 산을 더 오르자 키가 큰 통나무가 둥지만 베어진 채로 잔뜩 쌓여 있었다. 요르크의 친구가 어제 잘라 놓았다고 했다. 요르크가 톱으로 통나무를 일정한 길이로 자르면 우리가 그걸 하나씩 들고 트럭으로 옮겨 담았다. 그렇게 트럭이 가득 차면 집으로 통나무를 싣고 날랐다.

요르크는 도끼질 중간중간에 소나무니, 유칼립투스니, 어쩌니 하는 나무 강의를 해주고 또 그 와중에 도끼질에 놀란 거미가 통나무 사이로 얼굴을 내밀면 조심히 거미를 주워 숲으로 옮겼다. 오랜만에 땀 흘리는 기쁨을 느꼈다기보다는 사실 난 사진을 찍으며 베짱이처럼 놀았고 실뱅이 요르크를 도와 충직하게 일했다. 두 시간 정도 통나무를 옮겼을 때쯤 요르크가 허리를 펴며 말했다.

"이제 우리 엄마네 집에 가서 점심을 먹자. 우리는 밥값을 충분히 했으니까."

엄마네 집? 요르크네 엄마도 여기 사신다고? 집이 또 있다고? 집이라는 말만 들어도 나는 흥분이 됐다. 두근거리는 마음을 안고 요르크네 집에서 뒷길을 따라 요르크가 만들었다는 계단을 따라 올라가자, 온갖 종류의 색색 가지 꽃들이 정성껏 심어진 거대한 정원이 나왔다. 이렇게 큰데 너무나 귀엽다. 덩굴로 만들어진 아치를 지나자, 이번에는 수영장이 나왔다. 파란 물이 일렁이는 작은 수영장 뒤로 집 한 채.

온실처럼 4면이 전부 유리창으로 확 트인 집 안으로 들어서면 아까 정원에서 본 것 같은 아롱다롱한 꽃무늬의 소파와 아기자기한 그릇들로 가득한 찬장이 있었다. 부엌은 무려 집 밖에 만들어져 있는데 1년 내내 날씨가 좋은 포르투갈 남부라 부엌이 밖에 있어도 지붕만 있다면 큰 문제가 없는 거 같았다. 부엌에도 햇살이 가득이었다.

벽난로에서 우리가 잘랐던 그 통나무가 타닥타닥 기분 좋게 타고 있고 맛있는 냄새가 났다. 푹신푹신하고 알록달록한 소파에 앉아서 음식을 기다리고 있는데, 역시나 작은 꽃무늬의 원피스와 스웨터로 곱게 차려입은 백발의 독일 할머니가 다가와 양 볼에 뽀뽀를 쪽쪽 해주셨다.

요르크가 나를 혼자 여행 다니는 용감한 한국 여자애라고 소개하니 상상도 못 할 일이라며 혀를 내두르며 신기한 듯 나를 쳐다봤다. 상상도 못 할 것은 바로 이 집인데! 신기한 사람은 바로 이 집에 살고 있는 당신이신데! 요르크네 어머니가 준비해주신 음식은 독일 전통 요리라고 했다. 소고기를 갈비찜처럼 푹 고아서 갈색 소스와 함께 내고 양배추를 달게 졸여서 만든 더운 샐러드와 노란색 파스타. 그리고 병맥주. 예쁜 접시에 갈색과 보라색과 노란색 음식이 함께 올려졌다. 우리가 앉은자리에도 식탁 위에도 그릇 안에도 햇살이 가득 담겼다.

식탁에 앉아 탄성을 지으며 실뱅에게 너무 행복하다고 작게 말하자, 실뱅이 눈썹을 한 번 실룩 추켜올리며 씩 웃었다. 그러고 나서는 할머니의 호기심 천국.

"윤주, 북한 가봤어? 윤주, 가라데 할 줄 알아? 윤주, 한국에서는 뭐 먹어? 윤주, 한국에서는 무슨 음악 들어? 윤주, 베토벤 알아? 윤주, 안 무서워? 윤주, 무슨 말 써?"

"북한은 못 가봤어요. 북한 사람들을 본 적은 있지만. 가라데는 못 하는데 태권도는 어렸을 때 배웠어요. 태권도 아세요? 가라데랑

위_ 태양이 통과하는 노란 거실
아래_ 하늘과 정원과 꽃을 벽지로 두른 식탁

비슷한 건데. 베토벤 알아요. 우리 외할아버지가 베토벤의 광팬이셨어요. 한국말 써요. 북한말이랑 똑같아요."

요르크는 식탁 위의 통역사. 할머니의 독일어가 요르크를 거쳐 나에게 영어로 닿아지고 나의 영어가 요르크를 다시 거쳐 할머니에게 독일어로 도착했다. 우리 둘은 분명 옹알옹알 묻고 재잘재잘 답하는데 요르크의 다리를 건너면 문장은 짧고 간결해졌다.

나이프와 포크로 두 손이 바쁘고 내가 귀찮아할까 봐 걱정하던 요르크가 '엄마, 제발 좀 그만 좀'이라는 뉘앙스(독일어로 말했지만 어쩐지 그런 느낌이었다)를 풍길 때까지 할머니의 질문과 감탄사는 계속됐다.

할머니는 TV가 없어서 한국에 대해 잘 몰라서 미안하다며 호기심을 쏟아내셨다. 나는 들려줄 이야기가 있어서 기뻤다. 할머니한테는 내가 유재석보다 재밌는 사람이 된 거 같아 신났다. 과일까지 깨끗하게 먹고 비밀의 화원 같은 할머니의 정원을 구경했다. 정원이라기보다는 작은 숲에 가까운 그곳에서 벤치에 앉아 뛰는 가슴으로 실뱅에게 말했다.

"나, 이 집과 내가 겪고 있는 이 상황을 정말 내 친구들한테 말해주고 싶은데 뭐라고 말해야 할지 모르겠어. 아무도 안 믿을 거야."

실뱅도 웃으며 말했다.

"크레이지 독일인들이야. 나도 매번 올 때마다 놀라."

다시 할머니의 양 볼에 뽀뽀를 하고 요르크의 집으로 내려왔다. 밥을 먹었으니 다시 노동. 이번엔 요르크의 대나무 숲이다. 대나무는 엄청나게 빠르게 자라기 때문에 빨리빨리 잘라줘야 한다며 요르크가 대나무 숲으로 우리를 데리고 갔다. 초록색 대나무 숲을 지나면 검은색 대나무 숲, 짙은 푸른색의 대나무 숲을 지나면 하얀 대나무 숲, 꼬챙이처럼 얇은 트로피컬 대나무 숲을 지나면 샛노랑의 대나무 숲, 20여 개의 색색 가지 찬란한 대나무 숲.

어젯밤, 실뱅이 독일인 아저씨의 대나무 숲에 가자고 했을 때, 심드렁하게 '서양인의 대나무 숲이라니 별 기대는 안 되지만'이라고 생각했던 마음이 완벽하게 사라졌다. 요르크는 정말 미친 사람 같았다(극찬이다). 이렇게 다양한 색깔의 대나무가 있는 줄 몰랐다고 말하자, 요르크가 선량하게 미소를 지으며 몹시도 차분하게 대답했다.

"올 여름엔 중국 대나무를 좀 더 심을 생각이야."

"그럼 판다도 몇 마리 기르는 건 어때?(농담)"

"그것도 생각하고 있어.(진담)"

고개가 절로 절레절레 흔들어졌다. 어이가 없어서 웃음만 나왔다. 이번엔 요르크와 실뱅이 둘 다 톱을 들고 와서 키다리 대나무를 몇 동강으로 잘랐고 그것을 나와 실뱅이 들어서 집으로 옮겼다. 대나무는 속이 비어서 그렇게 무겁지 않았다. 뒤에 쓸 거냐고 묻자 아직은 잘 모르겠지만 일단 잘라놓는다고 했다. 실뱅이 나에게 힘들지 않냐고 몇 번이나 물어보길래,

"실뱅. 나는 도시 바보라서 이 모든 것이 평생에 처음이라서 그냥 처음부터 끝까지 다 신기하고 이렇게 살 수 있다는 걸 한 번도 생각

해본 적이 없고 영화에서는 본 것 같기도 한데 이건 영화가 아니잖아. 그런데 힘드냐고?"

손과 발을 움직이며 눈과 입은 감탄을 계속하다 보니 시간이 또 훌쩍 가서 또 배가 고파졌다. 요르크가 이제 일은 그만하고 저녁엔 파티를 하자고 했다. 뭐? 파티? 나의 흥분 세포가 또 한 번 힘을 냈다. 놀랄 일이 더 있을 것이 분명했다. 저녁에는 요르크의 부인인 카렌과 딸인 사라가 외출에서 돌아올 거라고 했다. 집으로 돌아가는 길에 들은 요르크의 가족 이야기가 또 재미났다.

독일인 요르크는 2년 전에 스웨덴인 카렌과 결혼했다. 그보다 더 25년 전에, 카렌은 포르투갈 남자와 결혼해서 포르투갈로 이주해서 살다가 사라를 낳았다고 한다. 그 후에 카렌은 남편과 이혼을 했고 포르투갈과 스웨덴을 오가며 살았다고 했다. 어느덧 스물세 살 아가씨가 된 사라는 포르투갈 남자와 사랑에 빠졌고 임신을 했으나 곧 그와 헤어졌다. 그 즈음에 카렌은 요르크를 만났고 사랑에 빠졌고 결혼을 했고 사라는 아기를 낳았다. 그리고 네 명은 지금 함께 요르크의 산속 집에서 살고 있다.

사라의 아들, 헨드리는 한 살 반. 사라는 스웨덴으로 대학을 갈 생각이라 오늘 대학 입학을 위한 영어 시험을 보기 위해 리스본에 갔다고 했다. 카렌은 사라가 시험을 보는 동안 헨드리를 돌보기 위해 함께 갔다가 저녁에 돌아온다고.

이제 곧 만나게 될 이야기 속의 세 명을 기대하며 요르크와 실뱅과 저녁 파티를 위한 요리를 하기로 했다.

"무슨 요리를 해야 할지는 모르겠는데, 나 냉동실에 식자재가 엄청 많아."

요르크가 보여준 냉동실 안에는 백화점 지하 1층 식품 코너가 있었다. 빽빽한 재료들 사이에서 소고기 두 팩과 호박과 버섯, 당근, 감자와 잘 손질된 대나무(요르크 가족들은 대나무를 먹는다)를 꺼내와서 테이블 위에 늘어놨다. 무언가 근사한 요리를 하고 싶어서 실뱅에게 영화 〈줄리 앤 줄리아〉에서 본 프랑스 요리, '비프 부르기뇽'을 요청했더니 실뱅이 가볍게 대답했다.

"비프 부르기뇽만큼 쉬운 프랑스 요리가 없지!"

실뱅이 요르크에게 와인이 넉넉히 있냐 물었더니 요르크가 종이 박스에 담긴 3리터짜리 와인을 가져다줬다.

비프 부르기뇽을 만드는 과정은 이랬다. 커다랗고 깊은 냄비에 버터를 주먹 하나만치 넣고 녹이다가 큼직큼직하게 썬 소고기를 넣고 골고루 살짝 볶는다. 다른 프라이팬에 또 버터를 한 덩이 넣고 잘게 썬 양파와 버섯을 볶는다. 소고기 위에 타임, 후추 등 허브를 있는 대로 뿌리고 와인을 왕창 아주 왕창 붓는다. 한참을 끓이다가 역시 큼직큼직하게 썰어놓은 감자와 당근을 잔뜩 넣는다. 프라이팬에 볶아뒀던 야채도 넣는다. 그리고 끓인다. 계속 끓인다. 비프 부르기뇽 끝.

나는 샐러드를 담당했는데, 딱히 만들고자 하는 샐러드는 없었고

양배추와 양파가 눈에 보이길래 잘게 썰었다. 그리고 올리브유와 식
초, 머스터드소스, 설탕을 넣고 마구 저어 정체불명의 소스를 만들
었다. 요르크는 옆에서 대나무를 볶았다.

커다란 부엌에서 각자가 부산스럽게 움직이는데, 창밖으로 자동
차 헤드라이트가 반짝이더니 키가 큰 두 여자가 커다란 아이를 안고
함박웃음을 지으며 들어왔다. 누가 봐도 서로를 닮은 유쾌한 모녀,
그리고 절대로 한 살 반으로 보이지 않는 거대한 꼬마, 헨드리. 시
끌시끌하게 서로에게 볼 뽀뽀를 나누고 요르크가 나를 소개해줬다.
길고 지친 하루를 마치고 집에 왔는데 낯선 손님이 있다면 피곤
할 만도 한데, 카렌과 사라는 나를 보고도 조금도 주저하지 않고 늘
만났던 친구가 온 것처럼 환영하며 자연스럽게 이야기를 이어갔다.
그들이 그렇게 나를 대해 주자, 나도 마치 오랜 친구의 자리를 선물
받은 것처럼 슬쩍 이야기 속으로 진입할 수 있었다.
사라는 시험을 망친 거 같지만 끝나서 행복하다며 수다를 떨기 시
작했다. 정말 유쾌한 사람이었다. 사라는 엄마에게 숨기는 말이 없
다고 했다. 심지어 그녀가 포르투갈 남자의 아이를 임신했고 하지만
그 남자와 헤어지겠다고 말했을 때도 카렌은 오케이라고 했다고. 실
뱅이 그건 프랑스에서도 힘든 일이라며 이 가족의 엄청난 휴머니티
에 대해 감동했다. 한국인의 감동치는 설명할 필요도 없다.
실뱅과 사라는 좋은 친구 사이. 젊은이가 없어서 같은 또래를 만

나기 힘든 밀폰테스에서 둘은 서로 의지하며 친하게 지내고 있었다. 사라는 내 여행 이야기를 듣고 몹시 감탄하며 나중에 자기가 스웨덴에 아파트를 빌리면 꼭 자기 집을 방문해달라고 말해줬다. 나도 헨드리와 함께 서울에 꼭 놀러 오라고 대답했다.

벽난로에서 데워진 따뜻한 공기가 부엌을 돌고 돌고 돌고, 커다란 유리창 밖으로 살랑살랑 흔들리는 대나무 숲 그림자. 상냥하고 유쾌한 이야기들 속에 앉아 있는 독일인, 스웨덴인, 포르투갈인, 프랑스인, 한국인. 예기치 못한 상황을 만나는 것이 여행이라고 수많은 사람들이 말하지만 사실 언제나 조금은 예상한 상황들과 만나는 것이 내 여행이었는데 이번은 정말 예상 밖이었다. 이런 사람들이 세상에 살고 있을 줄 정말 상상할 수 없었다.

"언제든 놀러 와. 리스본이 맘에 안 들면 언제든 다시 밀폰테스로 와서 우리 집에 있어."

카렌의 다정함에 끝까지 감동하며 별빛이 쏟아지는 그 산속 집을 나왔다. 마음에 아주 크고 소중한 것이 가득히 차서 조금의 공간도 없었다. 조금도 놓치지 않고 다 끌어안고 가고 싶은 마음이었다. 일기를 100장을 써도 모자랄 것 같았다. 딱 그런 기분이었다.

" 언제든 우리 집으로 와. "

9

너는 내가 가본 가장 먼 나라,
필립&길다

빌라 노바 드 밀폰테스Vila Nova de Milfontes

PORTUGAL

실뱅이 이번에는 프랑스인 친구를 만나러 가자고 했다. 나는 누군
지 묻지도 않고 좋다고 말했다. 어제 요르크과 그의 가족을 만난 이
후로 나는 너의 친구라면 무조건 신뢰하게 되었으니까.

차를 타고 20분쯤 달렸더니 밀폰테스를 벗어나서 휑한 도로가 나
왔다(포르투갈의 도로는 주로 휑하다). 조금 더 달렸더니 중간에 갑자기
간판이 하나 세워져 있었고 그 왼쪽 길로 들어갔더니 역시 또 이런
데 사람이 살까 싶은 곳에 집 한 채가 나타났다. 마당이라고 말하기
에는 너무도 개방적인 너른 공간에 돼지 몇 마리와 닭 십여 마리와
커다란 개가 무질서를 즐기고 있었다.

문을 열고 들어가자, 좋은 냄새. 코가 빨갛고 통통한 프랑스 아저씨 '필립'이 술병을 들고 맞이해줬다. 필립은 인사를 나누자마자 테이블로 가더니 각종 술과 라임, 레몬을 섞어 웰컴 드링크를 만들었고, 역시나 양 볼에 뽀뽀를 하며 맞아줬던 그의 아내 '길다'는 부엌에 서서 좋은 냄새를 만들어냈다. 필립은 수다쟁이에 농담을 좋아했다.

내가 한국에서는 포르투갈 와인을 본 적이 없다고 하자 자기가 포르투갈 와인을 수출하고 싶다고 했다. 싸고 맛있는 포르투갈 와인을 3유로만 받고 팔고 싶다고 하길래 제발 그렇게 해달라고 부탁했더니, 옆에서 길다와 실뱅이 함께 말렸다. 사람 좋고 계산할 줄 모르는 필립은 사업을 시작했다가 망해먹은 적이 한두 번이 아니라고. 하지만 하고 싶은 게 많은 필립은 와인 수출도 하고 싶고, 말 농장도 하고 싶은데 경제 사정이 좋지 않은 것이 유일한 문제라며 유쾌하게 웃었다.

필립의 이야기를 들으며 길다의 어머니가 만들어주셨다는 생선 크로켓과 새우와 야채가 꽉 차게 들어간 만두 비슷한 음식을 구경하고 있는데, 방 안에서 갑자기 일곱 살 정도 되어 보이는 꼬맹이가 팅기듯 뛰어나왔다.

"투두 벵Tudo bem: 포르투갈어로 'How are you'?"

인사와 함께 달려들어서 뽀뽀를 하는 꼬마와 인사를 나누고, 필립의 가족사에 대해 들었다.

필립이 모든 재료를
다 넣고 휘휘 저어
웰컴 드링크를 제조

모로코에서 태어난 필립은 프랑스에서 몇 년을 살다가 포르투갈
로 이주해서 와인을 만드는 공장에서 일을 했다고 한다. 그는 젊은
시절부터 여러 가지 사업에 관심이 많아서 와인 공장에서 일을 하며
포도 농장 경영과 함께 나무 사업을 시작하고 싶었는데 포르투갈어
를 잘 못해서 난항을 겪었다고 한다. 그때 누군가 프랑스어를 완벽
하게 구사하는 포르투갈 아가씨가 대나무 회사에서 일한다며 소개
를 시켜줬는데, 그녀가 바로 길다. 프랑스인이 운영하는 대나무 회
사에서 촉망받는 인재로 일을 하고 있던 길다는 역시나 새로운 거래
처를 트고 싶어 했는데, 그가 바로 필립.

그때 길다는 포르투갈인 남편과 이혼을 하고 '파티마'라는 딸을
홀로 키우고 있었다. 그렇게 만난 길다와 필립은 연애를 하다가 결
혼에 골인. 완벽한 파트너를 만나 일과 사랑을 동시에 쟁취하고, 딸
을 하나 더 낳고, 20년 가까운 세월 동안 열심히 일하며 살았다. 워
커홀릭에 가까운 길다는 직업이 자신의 종교라고 말했다. 대나무에

대해서 모르는 것이 없고 애정이 대단해서 요르크도 대나무 숲을 꾸밀 때 길다의 도움을 많이 받았다고 했다(나중에 실뱅에게 들은 이야기지만 프랑스 회사에서 핵심 인력으로 일하는 그녀지만 포르투갈인이라 프랑스인보다 월급을 놀라울 정도로 조금 받는다고 했다. 실뱅은 프랑스인으로서 그 회사 때문에 창피해했다).

중간중간 사업이 망하기도 하고 힘든 일도 있었지만 성실히 일하면서 딸들을 키우며 살고 있는 부부에게 어느 날 사건이 일어났다. 열아홉 살의 파티마가 어느 날부터 음식을 앞에 두고 구역질을 하고 살이 찌기 시작했던 것. 당시 나이 많은 남자 친구를 사귀고 있던 파티마를 걱정하던 길다는 그녀의 임신을 눈치채고 임신 테스트를 권했다고 한다. 부인하던 파티마가 테스트를 해보자 임신.

바야흐로 그때는 포르투갈의 여성 혁명 시대. 치열한 여성 운동을 통해 낙태 수술이 합법적으로 가능해진 때였다고 한다. 길다는 파티마에게 네가 원하는 대로 선택할 수 있다고 말했지만 파티마는 남자 친구와 이미 헤어진 상태였음에도 불구, 아이를 낳고 싶어 했다고 한다. 그래서 길다는 파티마의 출산을 도왔다. 그것은 어린 엄마에게나 마흔 살의 젊은 할머니에게나 무척이나 힘든 일이었지만 길다는 그것을 행복하게 받아들였다고 한다.

나에게 인사를 안겼던 꼬마가 바로 파티마의 아들이자 길다의 손자인 '토마'였다. 필립이 말하길, 파티마의 옛 남자 친구는 남편감으로서는 최악의 남자였지만 아빠로서는 꽤 괜찮은 사람이라 지금까지 파티마와 아이를 두고 원만한 관계를 유지하고 있다고 했다. 그렇게 그 저녁 자리에는 필립, 길다, 파티마, 파티마의 일곱 살 난 아들 토마, 파티마의 믿음직하고 잘생긴 남자 친구 페드로, 실뱅 그리고 내가 앉아서 저녁을 먹었다.

완벽하게 맛있는 애피타이저에 필립의 칵테일을 마시고 나자 돼지고기 립과 프렌치프라이가 나왔다. 미국과 프랑스의 사이가 안 좋아지면 미국에서 프렌치프라이의 소비가 급격히 줄어든다는 실뱅의 이야기를 흥미롭게 들으며 양손을 이용해 쩝쩝거리며 립을 뜯고, 와인 전문가답게 필립이 벽난로 옆에 한참을 두고 완벽한 온도로 덥혀 온 와인을 홀짝거렸다. 그리고 포르투갈식 사케라는 술을 마시다가 끝없이 술을 권하는 필립 덕분에 모두가 얼큰하게 취해서 졸기 직전에 겨우 자리에서 일어났다.

이 멋진 저녁식사 초대에도 모자라 함박웃음을 지으며 꼭, 꼭, 꼭 또 놀러 오라고 언제든 포르투갈 남부로 다시 오라고 안으며 말해주는 것이 너무 고마워서 어쩔 줄을 몰라 하는 나에게 길다가 말했다.

"윤주, 나는 다른 나라로, 아니 다른 도시로 여행을 해본 적이 거의 없어. 그래서 이렇게 집으로 사람들을 초대하는걸 정말 좋아해. 사람들을 통해서 여행을 하는 거야. 나와 필립한테 너는 가장 멀리서 온 손님이니까 우리 둘은 오늘 가장 먼 나라로 여행을 간 거야. 우리는 네 덕분에 오늘 많이 행복했어."

눈물이 핑 돌길래 얼른, 길다를 꼭 안았다. 다른 도시가 싫어지면 뒤도 안 돌아보고 다시 오겠다고 말했다.

아시아 변방 소국에서 태어난 것도 누군가에게 선물이 될 수 있다니, 그걸 알게해 준 길다 덕분에 나는 그날 밤 조금 더 소중한 사람이 된 것 같았다. 이 작은 마을에 이렇게 큰마음을 가진 사람들이 많다는 사실을 알게 된 것으로 나는 조금 더 현명한 사람이 된 것 같은 기분이었다.

" 너는 내가 가본 가장 먼 나라. "

10

내 여행의 닭고기 수프,
실뱅

리스본Lisboa

POR TUGAL

하루에도 서너 명씩 좋은 사람들을 물어다 주는 실뱅 때문에 밀폰테스를 떠날 수가 없었다. 숨겨 놓은 친구들을 좀 더 풀어내 보라고 조르고 싶었다. 내가 떠날 기미를 보이지 않아서였는지, 때마침 실뱅이 리스본에 가야 한다고 했다. 리스본에 있는 프랑스 대사관의 파티에 초대를 받았다는 폼 나는 이유였다. 그래서 실뱅의 차를 타고 함께 리스본으로 가기로 했다. 실뱅은 파티가 끝난 후 다시 밀폰테스로 돌아오고 나는 리스본에서 북쪽을 향해 여행을 이어가는 일정이었다. 혼자서 밀폰테스를 떠나지 않아서 다행이었다.

프랑스 정부는 심각한 청년 실업 문제를 해결하기 위해, 프랑스 젊은이들을 인력이 부족한 다른 나라의 회사에 연결시켜 주는 프로그램을 진행한다고 했다. 실뱅도 이 프로그램 덕분에 밀폰테스의 회사에 취직을 한 거라고 했다. 이번 파티는 이런 식으로 포르투갈에 취직을 하게 된 젊은 프랑스인들을 한데 모아서 다들 잘 하고 있는지, 불만은 없는지 이야기를 들어보는 자리라고 했다. 대사관은 여권 잃어버렸을 때만 가는 데인 줄 알았는데 파티를 열어준다니, 프랑스는 선진국이구나.

아침 일찍 일어나 짐을 싸고 있는데 실뱅이 왔다. 오늘 밤 파티를 위해 그나마 제대로 된 옷을 골라야 한다며, 이 청바지에 이 셔츠에 이 스웨터를 입는 것이 어떠냐고 물어봤다. 신발은 그나마 깨끗한 운동화를 골라 신었다며 슬쩍 발을 들어보였다. 어제의 옷차림과 뭐가 다른지 잘 모르겠다.

"음. 다른 애들은 다 양복 입고 오는 거 아니야?"

"아마 그럴 거야. 하지만 난 상관 안 해. 그런 옷 없기도 하고."

실뱅의 패기를 응원하며, 캐리어를 끌고 나가 실뱅의 차에 실었다. 실뱅의 차(정확히는 실뱅이 다니는 회사의 차)는 요즘은 우리나라에서 보기 힘든 소형 트럭인데, 앞에서 보면 4인용 승용차처럼 생겼고 뒤에서 보면 트럭처럼 생겼고 옆에서 보면 귀엽게 생겼다.

밀폰테스에서 리스본은 고속도로를 타면 두 시간. 하지만 실뱅

실뱅의 집 앞에 세워진
트럭의 귀여운 모습

은 조금 돌아가더라도 해안 도로를 따라서 달리며, 자기가 찾은 멋
진 풍경들을 보여주고 싶다고 했다. 포르투갈은 크지 않은데도 인구
가 적어서 국토의 많은 부분이 휑하게 비어 있었다. 그 빈 공간 위에
EU의 자본으로 도로가 정말 잘 깔려있어서 엄청난 장관의 자연 속
으로 한가롭고 미끈하게 달릴 수 있었다. 빈 도로를 달리다 보면 10
분에 한 대 정도 마주 달려오는 차를 만나는데 그 차에 앉은 사람들
도 다 관광객들이기 때문에(현지인은 내륙의 고속 도로가 훨씬 빠르기 때문
에 그걸 탄다고 한다) 그들도 우리처럼 경치를 보며 '우와'를 연발하는
얼굴을 보는 것도 즐거웠다.

　힘들게 낸 세금이 엉뚱하게 포르투갈로 빠져나가서 화가 난 EU
회원국의 국민이라면, 반드시 포르투갈에 와서 이 도로를 달려보는
것이 좋겠다. 세금이 좋은 곳에 쓰였다고 알게 된다면 기분이 좀 좋
아지지 않을까(더 화가 나려나?). 달리다가 도저히 못 참겠는 장관이
나오면 차를 세우고 내려서 감탄을 했는데, 거대한 비단 장관을 깔

아놓은 듯한 바다, 그리고 도로 한중간에서 느닷없이 시작되는 공원이 그런 곳이었다.

몇 번을 서다 달리다를 반복하다 보니 거대한 리조트의 입구를 지나게 됐다. 유럽의 부자 노인들이 휴가로 가는 복합형 리조트라고 설명하던 실뱅의 눈이 갑자기 반짝이더니 리조트에 들어가 봐야겠다고 말했다.

"저 잔디를 체크해야겠어."

입구에 차를 세우고 리조트로 뛰어들어가서 잔디를 파보고 쓰다듬던 실뱅이 뛰어오더니 신나서 말했다.

"윤주, 이거 정말 놀라운 일이야! 만져봤더니 우리 회사 잔디랑 거의 비슷해. 정말 좋은 잔디야. 이 잔디는 정말 천천히 자라서 1년에 세 번만 깎아주면 되거든. 그래서 비싼 값으로 팔리는 잔디라 포

바스쿠 다가마Vasco da Gama를 흥분시켰을 듯한 망망대해

르투갈에서는 우리 회사 밖에 이런 잔디를 못 만드는 줄 알았는데 만들 수 있는 데가 또 있나 봐! 아마 우리 보스는 이 사실에 대해 전혀 모르고 있을 거야. 이거 알면 깜짝 놀랄걸? 내일 전화해서 보고해야겠어."

실뱅은 한 달 넘게 회사로부터 일 없이 방치되어 있고 보스는 프랑스로 출장을 가 있기 때문에, 나라면 회사 일은 까맣게 잊고 놀 궁리만 했을 텐데 이 성실한 청년은 회사에 도움이 될 만한 일을 찾고 나서 아이처럼 신나 했다.

리조트 곳곳의 잔디밭 사진을 찍으면서, 정말 즐거운 날이라고 자기한테 정말 소중한 하루라고 흥분해서 말하는 실뱅을 끌고 다음 목적지로 이동.

다음 목적지도 사실 실뱅의 일과 관련된 회사다. 리스본으로 가는 길목에 잔디 제조 기계를 만드는 공장이 하나 있는데, 거기서 그 공장의 대표를 만나 언젠가 회사의 프로젝트가 재개되면 구입할 기계에 대해 이야기를 하고 싶다고 했다. 이 참된 일꾼의 옆모습을 바라보며, 내가 회사를 차리면 너를 꼭 고용하겠다고 말해줬다. 공장 앞에 차를 세우고 서류들을 보며 포르투갈어로 말하는 연습을 마친 실뱅이 심호흡을 하고 사무실로 들어갔다. 나는 근처 노천카페에서 일광욕을 하며 기다렸다. 삼십 분 후, 실뱅이 흐뭇하게 나타났다.

"어땠어?"

실뱅이 양 어깨가 봉긋했다.

"나 포르투갈어 제법 하더라. 내가 자랑스러워."

자신감으로 승천할 거 같은 실뱅을 보며 나도 기분이 좋았다. 아무것도 안 했지만, 나도 오랜만에 생산적인 일을 한 거 같은 기분이 들었다. 그래, 세상 저편엔 노동의 기쁨이라는 것이 있었더랬지.

기분이 좋길래 음악을 크게 틀고 다시 리스본을 향해 달렸다. 이름 모를 도시에서 점심으로 햄버거를 먹고 조금 더 달리니 어느덧 리스본이었다.

작은 도시여도 도시는 도시여서, 리스본에는 차가 많고 높은 건물들이 많고 젊은 사람들이 많았다. 시끄럽고 분주했다. 이렇게 큰 도시에 온 게 오랜만이라 나도 괜히 마음이 심란해졌다. 리스본을 사랑하는 실뱅도 교통 체증과 경적 소리에 미간에 주름이 잡혔다. 신호 없이 끼어드는 차들에게 왼손을 들고 중지를 선물하기도 했다. 시내 한 중심에는 실뱅이 오늘 밤 가게 될 으리으리한 프랑스 대사관이 있었다. 실뱅, 너 오늘 맛있는 거 먹겠구나.

시끌시끌한 도시 한중간에 있는 호스텔에 짐을 풀고 나서 리스본을 돌아다녔다. 몹시 오래된 도시. 언덕이 많고 그 언덕 사이사이에 좁은 골목이 빼곡했다. 실뱅은 파리하고 비슷하면서도 더 독특한 분위기가 나는 이 리스본이 너무 좋다고 했다. 여름엔 언덕마다 계단마다 사람들이 나와 앉아서 술을 마시며 축제를 즐기는데 그 분위

116

기가 너무 좋아서 언젠가 꼭 리스본에 벨기에 맥주를 파는 펍을 열고 싶다고 했다.

자연을 좋아하고 일을 좋아해도 아직은 스물여섯 살 어린 청년에게 밀폰테스는 너무 조용하고 한가한 마을인 거 같았다. 실뱅은 그날 밤 대사관에서 오랜만에 또래를 만나고 프랑스어로 수다를 떨 생각을 하니 너무 기대가 된다고 말했다.

모국어 수다. 생각한 그대로를 거침없이 입 밖으로 내보내는 짜릿함. 화려한 단어들을 마음껏 낭비하는 기쁨. 여행 3개월 차인 나도 그것이 이렇게 그리운데 집 떠난 지 1년이 넘은 실뱅은 그 수다가 얼마나 그리웠을까.

리스본 관광으로 두어 시간을 보냈더니 대사관에 가야 할 시간이 됐다. 파티가 끝나면 많이 늦을 거 같으니, 다음 날 아침에 밀폰테스로 돌아가기 전에 아침 식사를 같이 하자고 약속하고 나는 호스텔로 실뱅은 대사관으로 향했다.

호스텔의 텅 빈 도미토리 방. 침대에 털썩 앉는데 혼자 뚝 떨어진 기분이었다. 이제 실뱅하고 헤어지면 다시 혼자가 된다는 생각에 쓸쓸해졌다. 샤워를 하고 배가 고픈 것도 귀찮아서 침대에 엎드려 한참 동안 일기를 쓰고 있는데 똑똑 노크 소리가 들렸다. 열어보니, 실뱅.

"어떻게 된 거야? 아홉시 밖에 안됐잖아?"

"응. 다들 그냥 갔어."

실뱅의 표정이 좋지 않았다. 서둘러 코트를 입고, 술을 마시자고 하며 나가는데 이미 조금 취한 실뱅이 가라앉은 목소리로 말했다.

"대사관은 정말 화려했어. 젊은 프랑스 애들 마흔 명이 전부 자기네 보스랑 같이 대부분 정장을 입고 왔더라고. 몇 명은 서로 아는 사이인지, 리스본에서 일을 해서 아는 건지, 끼리끼리 모여서 사업 이야기, 회사 이야기 등등 엄청 진지하게 이야기들을 하더라고. 그리고 대사관에서 차려준 고급스러운 술이랑 화려한 디저트들을 먹었어.

저녁 시간이 되니까 다들 보스랑 같이 미리 예약해둔 레스토랑에 가야 한다며 하나 둘씩 가더라고. 청바지를 입고 운동화를 신고 보스도 없이 혼자서 으리으리한 곳에 앉아 있는데 프랑스인들 사이에서조차 난 이방인이 된 거 같았어. 밀폰테스에서 늘 느끼는 그 이방인의 기분을 프랑스 대사관에서도 느꼈어."

실뱅이 어떤 얼굴로 그 곳에 있었을지 상상이 됐다. 실뱅이 속상해하는 게 너무 속상했다. '프랑스고 뭐고 다 나쁘다!' 하는 마음이 들어서 실뱅을 끌고 나가서 술집으로 들어갔다. 애써 다른 주제로 수다를 떨다가 낯선 리스본을 휘젓고 다니며 휘청거리다가 호스텔로 돌아왔다. 로비에서 한판 술을 마시고 있는 시끌벅적한 스페인 여행객들과 어울려 더 마셨다.

실뱅은 이제 괜찮아졌다고 하며, 기타를 연주하고 노래를 불렀지만 나는 마음이 안 풀렸다. 차를 타고 오며 내내 설레했던 실뱅의 얼굴이 생각나서 프랑스인 전체에게 화가 났다. 얼굴도 모르는 그 마흔 명의 프랑스인들이 미웠다.

다음 날 아침 일찍, 호스텔 앞에서 실뱅과 작별했다.

"윤주, 네가 가면 밀폰테스는 또 텅 빌 거야. 포르투갈 북쪽에 가면 트레킹을 꼭 하고 사진도 보내주고. 언젠가 내가 돈을 많이 벌어서 한국에 놀러 갈게. 그리고 또 많이 고맙고, 정말 즐거웠고…"

멀찍이 서서 갑자기 말이 많아진 실뱅을 꼭 안아줬다. 고맙다고 몇 번이나 반복해서 말했다. 내가 너를 만난 것처럼 너도 꼭 너만큼만 좋은 사람을 만나길. 네가 나에게 해준 것처럼 너도 꼭 그만큼만 좋은 일이 생기길. 상처받지 말고 외롭지 말고 행복하길. 안녕, 실뱅.

실뱅은 여행 후에 가장 많이 변한 사람 중 하나다. 내가 포르투갈의 북쪽에 있을 때 달리기를 시작했다는 소식을 전하길래 조깅을 하나 보다 싶었는데, 그다음 해에 샌프란시스코 마라톤에 나간다는 소식을 전해왔고, 그다음 해엔 맨발로 뛰는 베어풋 러닝Barefoot running에 심취했다며 밀폰테스의 바위산을 맨발로 뛰어다니는 사진을 보내왔다.

실뱅은 지금 맨발로 마라톤 대회에 나가며 살아가고 있다. 방송사와 함께 다큐멘터리도 찍었다고 해서 찾아봤더니 달리기 구루의 모습을 하고 있었다. 한국에 지압 길이 많다는 것을 구글에서 봤다

맨발 달리기의 아이콘,
톰 소여 복장으로 마라톤에 나간 실뱅

고 사진을 보낼 수 있냐 물어서 동네 공원에서 맨발 지압 길 사진을 찍어 보내기도 했다. 올해까지만 밀폰테스에서 살 거고, 내년엔 직장을 그만두고 프랑스로 돌아간다고 했다. 실뱅이 프랑스로 가서도 계속 달리기를 하기를 바란다. Run, Sylvant, run!

❝ 딱 너만큼만 좋은 사람을 만나길. ❞

11

은혜 갚은 페드로

브라가Braga

PORTUGAL

브라가는 리스본, 포르투에 이어 포르투갈에서 세 번째로 크고 역사적인 도시라고 《론리플래닛》에 쓰여 있었다. 사진 속의 브라가는 회색빛 고풍스러운 건물들로 빼곡한 전형적인 유럽 마을의 느낌이라서, 호기심이 들지는 않았다. 그럼에도 불구하고 브라가에 간 이유는 '아는 사람'이 그곳에 있기 때문이었다. 낯선 나라의 계획 없는 여행자에게 아는 사람이 한 명이라도 있는 도시라는 것은 가야 할 충분한 이유가 되어주니까.

리스본의 호스텔에서 만난 페드로는 좀 우울했다. 실뱅이 가버리고 난 후의 나도 우울했다. 그래서 모두가 활기찼던 호스텔의 아침, 우연히 옆에 앉은 페드로와 에너지 없는 대화를 몇 마디 나누는데 마음이 편안했다.

페드로는 얼마 전 실직을 하고 새로운 인생을 구상 중이었는데, 유럽 전역에서 문화 활동을 하는 젊은이들을 이어주는 비영리 커뮤니티를 만들고 싶다고 말했다. 부정과 비관이 마음에 가득할 때여서 '에휴, 그런 게 가능하겠어?'라는 표정을 애써 감추며 대화를 이어갔다.

페드로는 내 표정을 못 읽었는지 거기다 또, 포토그래퍼가 되고 싶다며 낡은 수동 카메라를 보여줬다. 어딘가에 있는 사진전을 보러 갈 건데 같이 갈 생각이 있냐고 물어서는, 달리 할 일도 없고 계획을 세울 의욕도 없길래 따라나섰다. 그러고는 하루 종일 입장료가 없는 사진전만을 골라 구경했다.

꿈 많고 배고픈 젊은이가 꿈 좇아 배고픈 인생을 살려고 하는구나 싶어서 나는 짠한 마음에 나타Nata랑 커피도 사고, 저녁엔 호스텔에서 내가 먹을 파스타를 만드는 김에 국수 한 줌 더 넣어서 나눠주기도 했다. 고기 한 점 안 들어간 가난한 파스타였는데 페드로는 맛있다며 매우 고마워했다. 배까지 고프면 더 서러울 거 같아서 많이 먹으라고 그릇 수북이 파스타를 담아줬다.

그 호스텔의 테이블에서 페드로가 자기네 집이 브라가인데 꼭 놀러오라고 말해줬다. 이것이 내가 브라가에 가는 이유였다. 페드로가 알고 그 말을 꺼냈는지는 모르겠지만, 나는 호스텔에서 만난 친구가

길을 걷다가 쉽게 아는
사람을 만나게 되는
작고 오래된 마을, 브라가

예의상 했던 말을 믿고 진짜 그 동네에 찾아가는 사람이었던 것이다.

　페드로가 기차역으로 마중을 나와줬다. 얼굴에 수염이 잔뜩인 남
자가 리스본에서 입었던 것과 똑같은 옷을 입고 순진하게 웃고 있었
다. 우울한 얼굴은 여전했고 축 처진 어깨도 그대로였다.
　잘 지냈냐고 인사를 나누고 캐리어를 돌돌돌 끌며 기차역을 빠
져나왔다. 호스텔로 가려면 버스를 타야 해서, 버스 정류장이 어디
냐고 물어보는데 페드로가 주머니에서 뭔가를 꺼내 어딘가를 향해

버튼을 눌렀다.

뾰뾱!

옆에 있던 차 한 대에 불이 켜졌다. 선명한 벤츠 심벌. 페드로가 검정색 번쩍이는 차를 향해 걸어갔다. '뭐지, 페드로?' 멀쩡한 차에 앉아 부드럽게 핸들을 돌리며 페드로가 말했다.

"내년 3월에 슬로베니아로 출국할 거야. 그때 말했던 문화 활동 NGO 말이야. 그거를 만들기로 해서 5개월간 슬로베니아에 가서 살게 됐어."

다시 한번 '뭐지, 페드로?'하며 옆 자리에 앉아 어리둥절해하고 있는데 페드로가 저녁을 먹자며 어딘가로 데려갔다. 와인 오크 통이 쌓여 있는 분위기 좋은 레스토랑에 앉았더니, 메뉴에는 꽤 비싼 포르투갈 음식들이 가득이었다. 페드로의 주문에 따라 이름 모를 음식들과 포르투갈 와인이 식탁 위에 올려졌다.

먹고 마시고 떠들면서 머릿속으로는 이런 생각을 했다. '내가 현금이 얼마나 있더라? 카드를 써야겠군.' 다 먹고 나서 내가 계산을 하려는데 페드로가 돈을 내겠다고 했다.

나는 지금 계산 걱정 중

"내가 계산할게. 여기는 내 나와바리잖아."

또 '뭐지, 페드로?' 하는 사이 시원하게 계산까지 마친 페드로가 사진 전시를 하는 멋진 카페에 데려갔다. 빈티지 가구로 가득한 공간에 모던한 사진들이 걸려있었다. 사진을 구경하고 앉아서 민트 티를 마시는데 페드로가 가족이야기를 했다.

페드로는 가족이 싫다고 했다. 아버지는 텍스타일 사업을 크게 하시다가 2년 전에 사업을 정리하고 은퇴하셔서 지금은 정원을 가꾸며 살고 계신다고 했다. 막내아들인 페드로가 직업을 구할 생각도 하지 않고 엉뚱한 짓만 하는 것을 싫어하셔서 집에서는 부모와 대화조차 하지 않고 지낸다고 했다. 본인은 부모처럼 살고 싶지 않고, 유목민처럼 세상을 돌아다니면서 새로운 사람들을 만나고 의미 있고 재미 있는 일들을 하면서 평생을 살고 싶다고 했다.

'아아, 페드로! 그러니까 페드로는 부잣집의 삐뚤어진 막내 도련님이었구나!' 드디어 오늘 하루 종일 품고 있던 의문이 풀리면서 나는 이마를 탁 쳤다. 아, 근데 이 전개 뭔가 익숙한데? 페드로가 상처받은 눈빛으로 내 눈을 지그시 보며 말했다.

"윤주, 너처럼 자유로운 생각을 가진 친구를 만나서 나는 너무 좋아. 너랑 나는 많이 통하는 거 같아."

아, 이 느낌 알거 같은데? '나한테 고기 한 점 안 넣은 스파게티를 해준 사람은 네가 처음이야! 나는 너를 좋…' 이런 것인가…? 페드로의 신실한 두 눈을 바라보며 다음에 이어질 말을 기다렸다.

"그러니까 윤주, 너도 결혼하지 마. 나도 결혼 안 할 거야."

내 눈을 바라보며 당당하게 비혼을 선언한 페드로가 흐뭇하게 웃었다. 내 주변의 제1호 비혼주의자가 되어준 페드로는 내가 브라가에 머무는 이틀 동안 헌신적으로 나를 보살펴줬다. 브라가 근교를 드라이브시켜주고 야경이 제일 멋진 곳에 데려가 주고, 본인의 집까지 초대해줬다. 마당이 어찌나 넓은지 마당 안에는 아빠의 취미라는 번쩍이는 캠핑카도 있었다.

비혼주의자와 함께 바라본 낭만적인 야경

넋 놓고 집안을 구경하는 나를 보면서 페드로는 집이 너무 화려해서 창피하다고 말했다. 창피할 정도로 화려한 집의 거실에서 나는 너털웃음을 지었다. 페드로가 나에게 이렇게 은혜를 갚다니.

여행을 마치고 한국에 돌아와서 1년이 지났을 즈음, 페드로에게 메일이 왔다. 슬로베니아의 대학원에서 '지속 가능한 발전'을 공부하면서 사진도 꾸준히 찍고 있다고 했다. 지금은 리스본에 잠깐 와 있는데 이유는 사진전을 하기 때문이라고 했다. 혹시 올 수 있다면 기쁠 거라며 사진전의 소개가 담긴 홈페이지 링크를 보내줬다.

모니터 속 사진들은 아름다웠다. 슬로베니아의 투명한 소녀들이 은회색의 바다에서 환한 빛을 받으며 수영을 하고 있었다. 그곳에서 어수룩한 표정으로 사진을 찍고 있을 페드로의 얼굴이 보이는 거

페드로 작가의 사진전에
걸렸던 사진 중 하나
By Pedro Campos
(출처:www.pedcam.com)

같았다. 철없는 꿈을 이야기했던 페드로. 현실감각이 하나도 없었던 페드로. 페드로의 꿈은 다 현실이 됐고, 현실에 두 발을 푹 박고 고개를 절레절레 흔들던 나는 사무실에서 야근을 하느라 페드로의 전시를 가지 못했다.

" 너도 결혼하지 마. "

#12

원 모어 웨이브,
헤수스

라구스Lagos

PORTUGAL

　운동을 취미로 가진 사람을 동경한다. 그리고 그것이 물에 관련한 운동이라면 입을 좀 더 크게 벌리고 동경한다. 포르투갈 남부의 바닷가 마을에는 아침마다 서핑을 하는 사람들이 있었다. 이른 아침에 바다에 뛰어들어가 파도를 타고 난 후 출근을 하는 것이다. 출근 전에 커피를 마시며 신문을 보는 것도, 눈곱만 떼고 나와 조깅을 하는 것도 자신만의 아침을 누리는 멋있는 일과이지만, 일어나자마자 보드를 들고 바다로 뛰어가서 서핑을 한다는 것은 다른 차원의 멋짐으로 보였다. 파도치는 바다와 따뜻한 날씨와 건강한 체력이라는 세 가지 완벽함을 모두 가진 자의 취미. 라구스에서는 이 취미를 흉내 내 보고 싶었다.

아침 9시, 눈을 뜨자마자 허겁지겁 비키니를 속에 입고 뛰어나갔더니 서핑 코치가 기다리고 있었다. 코치의 이름은 혜수스. 페루인이다. 혜수스는 남미 사람답게 몹시 경쾌했다. 내 이름을 '윤주'라고 세 번 말했는데도 혜수스는 매우 당당하게 '유유'라고 불렀다.

날씨가 참 좋았다. 높지 않은 파도가 규칙적으로 넘어오고 있고 그 너머로 에메랄드빛 바다, 그 뒤로 층층이 쌓인 하얀 구름이 보였다.

혜수스는 포르투갈인과 결혼해서 라구스에 정착한 지 벌써 4년째라고 했다. 라구스는 연중 따뜻하지만 그래도 겨울에는 섭씨 10도 안팎이라 뜨거운 태양이 그리워진 혜수스는 지난 1, 2월 동안 인도네시아 발리에 가서 서핑을 하며 몸을 데우고 돌아왔다고 했다. 발리의 태양은 꽤나 성능이 좋은지, 혜수스는 100퍼센트 완충된 배터리처럼 시종일관 거침없이 열정적이었다. 내가 서핑을 한 번 해봤다고 했더니 손뼉을 치고 환호하며, 바로 바다로 들어가자고 했다.

"헤이, 유유! 파도는 공짜야! 어서 달려가! 어서, 어서! 어서 파도를 즐겨!"

"헤이, 유유! 파도는 공짜지만 그렇다고 파도를 낭비해서는 안 돼! 어서 가서 파도를 잡아! 점프 해! 올라 타! 보드에 올라 타! 어서, 어서!"

"헤이, 유유! 팔을 저어! 저어! 더 저어! 깊게 저어! 더 깊게! 힘차게 저어! 깊게! 힘차게! 유유! 잘했어! 아주 잘했어! 네가 팔 젓는 거 내가 봤어! 잘했어!"

"헤이, 유유! 한 번 더? 한 번 더 할까? 원해? 가자! 어서! 가자!"

"헤이, 유유! 좀 더 큰 파도를 타고 싶니? 더 큰 걸 원해? 그럼 바다 안으로 더 들어가! 더! 더!"

"헤이, 유유! 세 개만 기억해! 그럼 서핑은 끝이야! 하나, 큰 파도를 잡는다! 둘, 힘차게 팔을 젓는다! 셋, 빠르게 일어선다!"

"유유, 지쳤니? 이리 와, 이리 와! 쉬어, 쉬어! 서핑은 릴랙스 스포츠야! 절대 스트레스 받지 마! 바나나 먹을래? 초콜릿 먹을래? 자, 차로 돌아가자! 나 초콜릿 있어! 널 위해 준비했어! 유유, 가자!"

"헤이, 유유! 5분 뒤에 다시 간다! 준비됐어? 가자! 어서 가자!"

헤수스 말대로, 파도는 공짜. 타이밍을 몰라서 큰 파도를 놓친다고 해도 조금만 기다리면 어김없이 좋은 파도가 다시 온다. 지치지만 않으면 기회는 반드시 다시 온다. 부드러운 모래를 밟고 흔들거리면서 보드를 잡고 파도를 기다린다. 너무 약한 파도, 너무 높은 파도는 욕심내지 않고 낮게, 높게 점프해서 흘려보낸다.

나한테 가장 알맞은 높이의 파도가 오면, 심호흡을 하고 보드에 올라탄다. 양팔을 번갈아 바다를 넣고 젓고 또 젓다가 어느 순간 속도가 올랐을 때, 보드에서 일어선다. 서지 못하고 넘어진다 해도 문

제 될 건 없다. 파도는 공짜. 다시 깊은 바다로 걸어 들어가 내게 알맞은 파도를 기다리면 파도는 어김없이 또 온다.

나는 서핑이 좋았다. 단 두 번의 파도 만에 서핑이 좋아졌다. 바닷물을 들이켜면서 이상한 소리를 지르며 깊은 바다로, 바다로, 바다로 뛰어들어갔다. 기다리면 때는 온다. 바닷물은 넘실대고, 그 뒤에는 파도가 있고 나는 끊임없이 넘어지다가 드디어 단 몇 초 동안 서게 됐고, 다시 고꾸라졌다.

지쳐서 해변으로 기어나가 벌렁 누워버리자 마침내 구름 속에서 해가 나왔다. 눈이 부셨다. 내 옆에, 두 팔을 모래에 박고 기대 누운 헤수스가 말했다.

"유유! 근데 그거 알아? 세상은 지금 끝을 향해 가고 있어. 얼마 안 남았어. 아이티 지진, 칠레 지진, 마데이라 쓰나미… 모두가 그걸 외면하고 있지만, 우리는 장님이 아니잖아. 세상이 끝나가고 있는 게 뻔히 보이는 걸?

유럽 사람들은 너무 차가워. 모두 하나가 되어 기도를 해도 부족한데, 유럽 사람들은 너무 배타적이야. 돈만 알아. 그래서 세상은 더 빨리 끝날 거야. 유유, 그럼 어떻게 해야 할까?"

구릿빛 몸의 구석구석에 긍정과 열정만 있을 거 같은 헤수스가 이런 기분을 느끼고 있었다니, 어쩐지 쓸쓸한 기분이 들어서 고개를 돌려 쳐다봤다. 내가 느낀 남유럽의 온도와 헤수스가 느낀 온도는 달랐구나. 뭐라고 답해야 할까 생각하고 있는데, 헤수스가 먼저 대답했다.

"슬퍼해야 되냐고? 아니야! 이럴수록 더 즐겨야 돼! 매일매일 즐겨야 돼! 지금을 즐겨야 돼! 유유, 준비됐니? 가자, 가자, 가자! 원 모어 웨이브!"

그날 나는 헤수스에게 서핑 외에 한 가지를 더 배웠다. 슬프다고 꼭 슬퍼할 필요는 없다. 슬프니까 한 번 더 즐기러 갈 수도 있는 것이다. 슬프니까 One more wave.

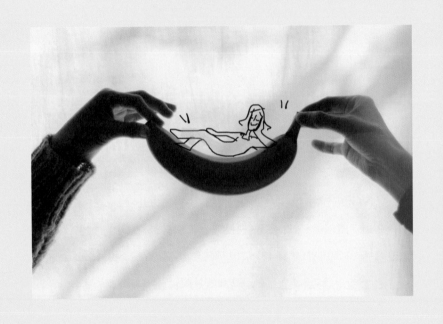

" 쉬어. "

#13

런던의 걱정 담당자,
루나

런던London

UNITED
KINGDOM

루나와 나는 대학교 3학년 때 작은 광고 회사에서 인턴의 신분으로 만난 사이다. 같은 학교를 다닌다는 것은 그 후에 알게 됐다. 졸업을 하고 비슷한 시기에 각기 다른 회사에서 카피라이터가 됐고, 광고계에서 차곡차곡 경력과 한숨을 쌓아가며 함께 고군분투했다. 일을 해본 사람이라면 누구나 아는 이야기지만, 직장 동료 외에 동종 업계에 몸담고 있는 친구가 있다는 것은 아주 큰 행운이다. 내가 오늘 겪은 일이 루나가 어제 겪은 일이고, 내가 내일 해야 하는 일이 루나가 모레 해야 하는 일. 그래서 우리는 긴 설명 없이도 '악!' 하면 함께 흥분했고, '윽!' 하면 함께 분노했다. 함께 콧노래를 부르고 함께 고독해했다.

그런 시절에 루나는 오랜 꿈이었던 웹툰을 그리기 시작해서 루나

파크Luna park라는 자신만의 세계를 만들기도 했다. 그리고 수 년 후에 우리는 한 달의 시간차를 두고 회사를 그만뒀다. 이 결심을 앞에 두고 수도 없이 함께 주춤거리고 함께 망설였고, 마침내 함께 결심했다. 내가 먼저 사표를 공손하게 내던지고 바르셀로나로 떠났고, 루나가 이어서 매끄럽게 사표를 들이밀고 네 달 뒤 런던으로 떠나왔다. 그리고 남유럽 여행 여섯 달째에 접어든 내가 런던 생활 두 달째에 접어든 루나에게 갔다. 신사동과 종로의 술집에서 수개월 동안 "그리고 봄에, 런던에서 만나는 거야. 진짜 재밌겠지?"라고 떠들며 기대했던, 바로 그날이었다.

히드로 공항의 입국 심사대에서는 직원이 수개월간 일없이 돌아다니는 나의 여정에 의심을 품고 질문을 퍼부었다.

"왜 반년 동안 유럽에서 노는 건데? 넌 유럽인이 아니잖아? 스페인에서 3개월 동안 대체 뭐했는데? 포르투갈에서는 뭐했는데? 한 달에 얼마 버는데? 너 직업이 뭔데? 회사를 그만 뒀다고? 은행에 얼마 있는데? 영국을 마지막에 온 이유는 뭔데? 영국에는 뭐 하러 왔는데?"

누군가 나를 잠재적 범죄자로 가정하고 이렇게 쑤시고 후벼 팔수 있다는 것을 예상하지 못했던 나는, 거침없이 적대감을 드러내는 엄격한 얼굴 앞에 서서 정신을 못 차리고 휘둘렸다. '어떻게 이럴 수가 있지? 왜 나한테 이러는 거지? 영국 입국이 힘들다고 왜 아무도 말해주지 않은 거지?'라며 울컥하려는 찰나, 머리를 스치고 지나가는 목소리가 있었다. 저 아래의 기억 속에서 슬그머니 올라오는 목소리.

"윤주, 영국 입국 심사는 진짜 까다롭대. 영국에는 불법 체류자가 많아서 그런 거래. 너는 여행 중이라 신분을 보장할 게 없으니까 더 까다로울 수 있어. 그러니까 입국할 때 꼭 비행기 이티켓 출력한 거 가지고 있고, 심사대 직원들이 사납게 질문해도 당황하지 말고 천천히 대답하면 된대. 알았지?"

루나다. 루나의 걱정 어린 목소리다. 무슨 일이든 사전에 준비를 완벽하게 하는 루나는 자신이 런던에 가기 전부터 입국 심사 절차를 알아보고, 내가 당연히 알아보지 않을 것을 예상한 후, 나 대신 나의 입국을 걱정해줬던 것이다.

그런데 나는 뭐다? 헐렁한 남유럽 생활 5개월 만에 안 그래도 새는 바가지가 콸콸 새는 바가지(이 정도면 이미 바가지도 아님)가 되어, 루나가 꼭 챙기라고 신신당부 했던 이티켓 마저도 큰 여행 가방에 넣고 부쳐버린 망나니다. 그렇게 루나의 걱정을 흘려버린 죄로, 나는 경비원의 감시하에 짐 찾는 곳으로 끌려가서 여행 가방 앞에 굴욕적으로 쭈그리고 앉아 이티켓을 꺼내 들고 다시 입국 심사대로 끌려와 표정을 상실한 직원에게 영국 출국 날짜를 보여준 후에야 비로소 대영 제국에 입국할 수 있게 되었다.

기가 꺾인 한 마리의 짐승이 베이커 스트리트Baker street라는 곳에 떨궈지자, 눈앞에 익숙한 것은 딱 하나 루나였다. 왈왈 짖으며 익숙함을 향해 달려드니, 억울함 때문에 내내 모나져 있던 마음이 일순간에 둥그레졌다. 이름도 모르는 입국 심사대 직원 따위는 더 이상 중요하지 않았다. 나는 지금 너희들의 나라에 온 것이 아니라, 내 친구가 사는 동네에 온 것이다! 그렇게 생각하고 루나와 나란히 걷자, 한 발자국 앞도 모르겠는 낯선 거리가 익숙한 공간이 됐다.

루나가 런던에서 보기 드물게 맛있는 집이라고 소개한 레스토랑에 들어가서 본능의 수다를 떨자, 수프도 치킨도 연어도 케이크도 맛있었다. 나는 드디어 안전한 구역에 들어선 것이다.

루나와 함께 런던에 머물렀던 한 달 동안 밤마다 런던의 펍들을 순례하고 가까운 도시들로 짧은 여행을 다녀오기도 했지만 가장 기억에 남는 것은 서로의 다른 성격을 여행한 것이었다. 친구와 여행을 하면 각자의 성격대로 역할이 정해진다. 정반대의 성격을 가진 우리도 서로의 역할을 자연스럽게 나눠가지게 됐는데, 돌다리도 두드려보고 '안' 건너는 루나는 걱정 담당, 일단 건너고 그게 다리가 아니었다는 걸 알게 되는 나는 충동 담당이다.

체류 두 달 만에 런던의 걱정 담당자로 뿌리를 내린 루나는 이 도시의 안전함을 한 땀 한 땀 시험하고, 본인의 아파트 근처 가장 안전한 곳에 나의 숙소를 잡아두고, 〈라이온 킹〉 뮤지컬 티켓을 가장 합

리적인 가격으로 준비해두는데 에너지를 쓰느라 정작 자신의 즐거움을 살피는 것을 잊고 있었다. 슈퍼마켓에서 장 한 번을 보지 않았고, 고기 구울 프라이팬 하나를 사지 않았다. 자연스럽게 충동 담당의 할 일이 정해졌고 함께 슈퍼마켓에 갔다.

걱정 담당 | 앗, 메론!

충동 담당 | 앗, 2+1 행사한다!

걱정 담당 | 세 개는 너무 많지 않을까?

충동 담당 | 많이 먹으면 되지 않을까?

걱정 담당 | 앗, 돼지고기 세일!

충동 담당 | 좋아! 사서 구워 먹자!

걱정 담당 | 프라이팬이랑 소금이랑 아무것도 없는데 그냥 사 먹는 게 좋지 않을까?

충동 담당 | 프라이팬이랑 소금이랑 전부 다 사버리면 되지 않을까?

충동질과 걱정질의 리듬을 타며 장바구니를 채우다 보니 우리는 어느덧 그곳에 도착했다. 압도되는 기분이었다. 유서 깊은 도서관의 서가처럼 방대한 양의 맥주가 빼곡하게 꽂혀 있는 주류 코너. 그중 마셔본 맥주가 서너 가지였고, 안 마셔본 맥주가 아흔아홉 가지였다. 과일과 고기 앞에서 서로의 역할에 충실하던 우리는 본분을

왼쪽_ 친구야, 집중해야 할 시간이야.
오른쪽_ 이건 사야 돼!

잃고 한 인격체가 되었다. 한 병이라도 놓칠 새라 함께 뜨겁게 걱정하고 한 병이라도 더 맛보기 위해 함께 충동적으로 끌어다 담았다. 우리는 정반대의 나라에서 온 애주가들, 이곳에서 만나 화합의 축배를 들었다.

매일매일이 엠티 같은 날들을 함께 보내면서 나는 루나의 꼼꼼한 성격이 삶을 깊이 있게 만든다는 것을 예전보다 더 잘 알게 됐다. 무엇이든 준비한다는 것은 실수가 줄어든다는 의미였고, 모든 과정에 신경을 쓴다는 것은 완성도가 높아진다는 의미였다. 펍에서 처음 만난 사람과 대화를 나눌 때도 나는 알아들으면 알아듣는 대로 못 알아들어도 알아들은 듯한 기분으로 즐거워하는 쪽이라면, 루나는 못 알아들으면 다시 한번 물어보고 의미를 확인하는 과정을 통해 정확한 즐거움을 즐기는 쪽이었다. 말을 할 때도 상대방에게 의미가 잘 전달되고 있는지 중간중간 물어보며 이야기를 이어갔다.

대화도 이렇게 공을 들여서 하니까 루나는 친구가 되기까지의 속도는 느리더라도, 한번 친구가 된 사람하고는 오래도록 관계가 유지됐다. 조심조심하며 관계에 윤을 내고 광이 나게 하는 꼼꼼한 작업 덕분이었다.

일상에서도 장인 정신을 실천하는 루나를 보며 이런 꼼꼼함을 배워야겠다고 생각하고 있는 차에, 우리는 가까운 에든버러와 더블린으로 여행을 가게 됐다.

외국에서 외국으로 가는 여행이기도 했고 저렴한 티켓을 사다 보니 출발 시간이 이른 새벽이라서 나도 이번만큼은 정신을 바짝 차리기로 마음먹었다. 비행기 시간을 미리 확인해서 루나에게 말했고, 루나가 그에 맞춰 택시를 예약해뒀고, 아침잠이 없는 내가 기상 알람 역할을 했고, 깜깜한 새벽에 만나 택시에 올라탔다.

비행기 출발 한 시간 반 전에 안전하게 공항 도착! 역시 미리미리 준비하니까 못 할 일이 없다며 서로를 칭찬하고 비행기 티켓을 확인하는데, 음? 분명 아침 7시 반 출발 비행기였는데, 티켓에는 아침 8시 반이라고 적혀있네. 음? 비행기 시간을 분명 확인했고(아마도) 그에 맞춰서 모든 일정을 설정하고 그에 따라 부지런히 움직였는데, 문제는 첫 단추였던 것이다. 내가 끼운 첫 단추! 8시 반 비행기인 줄 알았다면 조금 더 자고 일어나서 버스 타고 왔을 텐데. 그 택시비면 맥주가 몇 잔인데. 미안함과 허탈함에 내가 고개를 떨구자, 루나가 껄껄 웃으며 말했다.

"한 시간 이른 시간으로 착각한 게 얼마나 다행이야. 한 시간 늦은 시간으로 착각했다면, 그게 정말 큰일이지. 사실 나는 아까, 예약한 택시가 몇 분 늦을 때부터 비행기 놓치는 상상을 했었어. 한 시간이나 더 여유가 있다니까 정말 마음이 편하다."

나는 루나를 보며 껄껄 웃었다. 아마도 택시가 늦는 몇 분 동안 나는 벌써 여행 기분에 사로잡혀 새벽 풍경이 멋지네 어쩌네 하며 흥분하고 있을 것이고 루나는 나의 흥분에 꼼꼼하게 맞장구를 쳐주면서 머릿속으로는 꼼꼼하게 걱정을 하고 있었을 것이다. 하지만 나까지 걱정하게 만들고 싶지 않아서 지금까지 티를 내지 않고 있었던 것이다. 나는 꼼꼼해보고자 애를 썼던 지난 나의 며칠이 가소로워서 웃었다. 그리고 알게 됐다. 걱정은 충동적으로 해서 될 것이 아니라는 것을. 나는 루나가 일생 쌓아온 걱정력을 넘을 수 없다는 것을.

더블린과 에든버러 여행에서 돌아온 후에도, 뜨거운 태양을 찾아 스페인 마요르카Majorca로도 휴가를 다녀왔고, 그 이후로는 루나의 아담한 플랫Flat으로 기어들어가 군식구가 되었다. 그리고는 어느새,

런던에서의 마지막 날이 되었다. 한참을 꼼지락거리던 루나가 굳게 마음을 먹고 학원에 갔다. 나의 다음 도시는 파리였고, 파리에서 3일을 머문 후, 드디어 한국으로 돌아가는 일정이었다.

기차 여행의 필수품

샤워를 하고 짐을 꾸리고 나서 루나에게 편지를 쓰기로 했다. 나는 여행의 막바지에 기운이 다 떨어졌을 때 루나를 만나서 즐거운 힘을 가득 채우고 집으로 돌아가지만, 루나는 지금부터 시작이니까. 에너지가 떨어지면 밥 먹는 것도 물 마시는 것도 잊어버리고 마는 루나에게 아무리 힘이 없어도, 맥주 하루 한 깡은 꼭 실천하라는 편지를 썼다. 우울할수록 꼭 밖으로 나가서 카페에 앉아있으라는 편지도 한 장 썼다. 그리고 편지를 루나의 작은 방 곳곳에 숨겼다.

학원을 마치고 루나가 왔다. 휴가를 내고 나랑 놀러 다니느라 2주 만에 학원에 간 것이었는데, 오랜만에 가니 급우들은 이미 자기네들끼리 친해져서 그 사이에 앉아 있자니, 뭔가 혼자 서먹서먹했다고 했다. 엄청 친해지고 싶었던 것도 아니었지만 그렇다고 안 친한 채로 있기도 불편한, 딱 전학 갔을 때 느낀 그 어색함이었다고 했다. 나도 잘 아는 기분이었다. 루나의 배터리에 금방이라도 빨간불이 켜질 것만 같아서 나는 일부러 기운차게, 어린애들의 설익은 풋사과 우정 따위에 지지말자고 큰소리를 쳤다.

집 앞의 레스토랑에서 마지막 점심을 함께 먹고, 큰 여행 가방을 끌고 배낭을 하나 메고 작은 가방을 목에 걸고 루나와 함께 기차역 행 버스를 탔다. 끝까지 대책이 없던 나는 내려야 할 정류장 이름도 몰라서, 루나에게 몇 번이나 "이번 역이야? 다음 역이야?"라고 물어봤다. 예상보다 길이 많이 막히자 루나는 몇 번이나 정류장 이름과 시간을 확인했고, 우리는 기차 출발 시간 15분 전에 겨우 기차역에 도착했다. 기차표도 출력해야 하고 체크인 하는데도 시간이 필요하다고 했는데 큰일이었다.

버스에서 내리자마자 루나가 플랫폼 번호를 알아보러 뛰어가고 나는 티켓을 뽑는 기계를 향해 뛰어갔다. 기계에 신용 카드를 넣었더니 예약 번호를 입력하라고 했다. 그런 것을 적지 않는 한심한 사람이기 때문에 나는 신용 카드를 뽑아 들고 기차역 사무실을 찾아 뛰었다. 사무실에 도착했더니 드물게 친절한 직원이 예약 번호가 없어도 된다며 기계로 함께 뛰어가서 티켓 출력을 도와줬다. 거짓말처럼 티켓이 나올 때, 루나가 뛰어와서 나의 플랫폼을 알려줬다. 기차 출발 시간 1분 전. 긴 이별을 앞두고 멋진 말도 주고받고, 루나의 남은 여행에 대한 건승도 빌고 싶었는데 끝까지 준비성 없는 내가 소중한 시간을 놓치고 말았다.

"윤주! 빨리 가!"

"응! 일단 갈게! 가서 연락할게!"

멋대가리 없는 긴급 작별 후에, 내가 올라탄 고속 기차는 귀가 먹

먹해질 정도의 속도로 빠르게 런던을 떠나 파리로 내달렸다. 광속으로 혼자가 되는 기분이었다. 기차역에 서서 같은 속도로 혼자가 되고 있을 루나가 그려졌다. 함께 타고 온 버스를 혼자 타고, 함께 있었던 방에 혼자 들어가서 웅크리고 앉을 루나의 모습을 생각하며 나도 배낭을 꼭 안았다.

내가 한국으로 돌아온 후, 나의 걱정과 다르게 루나는 씩씩하게 런던 생활을 즐겼고, 하루 한 깡 맥주 마시기를 습관으로 만들었고, 좋은 친구들도 많이 사귀었다. 그리고 그 기록을 차곡차곡 담아서 수년 전에 이미 책도 출판했다.《지금이 아니면 안 될 것 같아서》. 역시 걱정은 충동적으로 하는 것이 아니다.

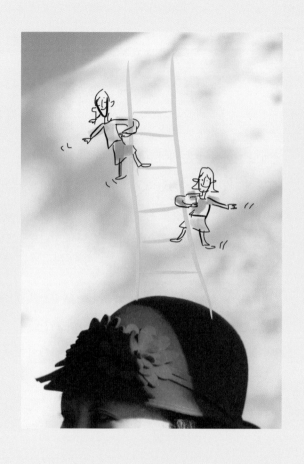

" 어린애들의 풋사과 우정에 지지 말자. "

이지고잉

이방인에게도 기꺼이 품을 내어주는 사람들 틈에 있으면서, 나는 조금 다른 사람이 되었다고 생각한다. 나는 원래 무엇이라도 맹렬히 하는 것을 좋아하고, 극적인 것에 감동하며, 굴곡진 인생을 동경하고, 쉬운 것에 쉽게 싫증 내는 그런 사람이었다. 그래서 나에게 여행은 새롭고 자극적인 것을 찾기 위한 여정이었다.

그러나 사회생활을 시작하고, 성격이 모나지고, 인간관계가 복잡해지고, 싫은 사람만 눈에 밟히고, 나의 시간이 나의 시간이 아니게 되고, 내 감정이 내 맘대로 컨트롤이 안 되어버리자, 여행의 목적은 평온한 감정을 되찾기 위함으로 바뀌어 있었다.

열심히 산다고 칭찬을 받지만 스스로 만족스럽지 않은, 그래서 이렇게 사는 게 틀린 것만 같다는 의심을 품고 떠나온 유럽의 끝, 포르투갈에서 만난 사람들은 '이지고잉Easy going'을 생의 가치로 삼고 있었다. 이곳에서 살던 사람이나 이곳에서 살기 위해 온 사람 또는 이곳을 여행하는 사람들의 대다수가 내게

"나는 이지고잉하는 사람이야."

"나는 이지고잉하게 살고 싶어."

"나는 비로소 이지고잉할 수 있게 됐어."

라고 자랑스럽게 말했다.

　이지고잉이라는 것은 쉽게 쉽게, 좋은 게 좋은 거라, 적당 적당하게 사는 방식이라고 생각했는데, 이것을 가치관으로 삼고 살아가는 사람들을 만나자 그 의미가 간절하게 다가왔다.

　　정신없이 바쁜 사람을 보면 놀리는 이지고잉.

　　길에서 뛰는 사람을 보면 놀라워하는 이지고잉.

　　언쟁하고 싸우는 사람을 별종 취급하는 이지고잉.

　　시비를 걸면 농담으로 받아치는 이지고잉.

　　먼저 미소를 지어 보이는 이지고잉.

　　크리스마스에 집 앞 홈리스Homeless에게 선물 상자를 건네는 이지고잉.

　　고집불통을 바보라고 생각하는 이지고잉.

　　직업은 바꿀 수 있지만 나는 바꾸지 않는 이지고잉.

　　남의 가치에 관대하지만 남의 가치에 휩쓸리지 않는 이지고잉.

　　내 기준을 가지고 있지만 내 기준으로 남을 평가하지 않는 이지고잉.

　　내가 나를 가장 편안하고 즐거운 상태로 이끌어가는 이지고잉.

　　무리하지 않고 애쓰지 않고 옆도 보고, 뒤도 보고, 멀리도 보고, 느긋하게 웃는 이지고잉.

바다와 하늘을 향해
발을 구르던 포르투갈의
꼬마들

거대한 구름에도
아랑곳하지 않고
자기 길을 가던 할아버지

　쉬움이 어려움보다 더 멋진 가치라는 것을 인정하기까지 수십 년의 시간이 걸렸으니까 이 가치를 행동하며 살기까지는 또 꽤 긴 세월이 필요하겠지만, 이 여행에서 사람들을 만나고 이야기를 나누면서 이지고잉을 알게 됐고 이지고잉을 꿈꾸는 사람이 되었다. 다정한 사람이 되는 것이 멋있는 것이라는 것을 알게 됐고 본인을 만족시키며 사는 것이 잘 사는 것이라는 것을 알게 됐다.

14

큰 꿈을 꾸는 사람,
수아

이스탄불Istanbul

•

TURKEY

실연을 이겨내 보겠다고 노력한다고 했는데도, 실연 극복이라는 것은 원래 이 정도 노력 가지고는 안 되는 것인지 고통은 지겹도록 계속됐다. 뻥 뚫어진 채로 살아가던 어느 날, 어떤 바닷가 절벽에서 다이빙을 하고 있는 사람의 사진을 봤다. 저렇게 한번 뛰어내리면 다 괜찮아질 거 같았다.

그곳이 그리스의 이드라Hydra섬이라고 하길래, 항공 마일리지를 탈탈 털어서 그리스행 비행기 표를 샀다. 공항버스에 올라타자마자 후회했다. 도저히 거기까지 가서 돌아다닐 흥이 나지 않았다. 다시 집으로 돌아갈까 하는 마음이 몇 번이나 들었지만, 집에 다시 돌아갈 기운도 나지 않길래 그냥 그렇게 비행기에 오르게 됐다.

경유지인 이스탄불 공항에 도착한 시간은 새벽 5시. 아테네 행 비행기는 오후 3시여서 열 시간의 여유가 있었다. 스물두 살에 와봤던 이스탄불에 다시 오는 거라서 일부러 환승 시간에 여유를 둔 것인데, 막상 도착하고 보니 나가고 싶지가 않았다. 나는 평소에도 그렇지만 여행 시에는 특히나 더, 귀찮다는 감정을 잘 느끼지 못하는 짐승과의 인간인데 실연 괴물은 나 같은 짐승에게도 무기력을 먹여버릴 정도로 힘이 셌다.

열 시간을 공항에 있는 것도 못할 짓이라는 생각이 들어서 마음을 다잡고 입국 게이트로 향했다. 시내로 들어가려면 메트로를 타야 했다. 메트로에서 내려서 다시 트램으로 갈아타기 위해 정류장으로 가는데 저 앞에 한 할아버지가 손짓으로 불렀다.

"빨리 와. 트램 온다!"

나를 부르는 건지 몰랐는데 두리번대보니 나밖에 없었다. 할아버지가 마치 엄마가 딸에게 하듯 빈자리를 향해 나를 밀어줘서 자리를 차지하고 앉았다. 트램에는 새벽 6시 반이 무색하게 사람들이 꽤 있었다. 다들 이렇게 일찍 출근하는 거냐고 물었는데 할아버지는 알아듣지 못했다. 그리고 주변 사람들을 가리키며 몇 번이나 알아듣지 못하는 농담을 하더니, 가방을 뒤적이다가 볼펜을 꺼내서 나한테 건넸다. '메일 주소를 주고받자는 것인가?' 싶어서 눈을 껌뻑이고 있는데, 선물이라고 했다.

할아버지의 손때가 묻은 볼펜이었다. 전혀 예상하지 못했던 전개에 웃음이 나왔다. 가방 안에 도시락이 있었다면 도시락을, 고양이가 있었다면 고양이를 주지 않았을까. 할아버지가 본인은 지금 내리지만 나는 세 정거장 더 가서 내리라고 몇 번이나 주의를 주고 나서 내렸다.

볼펜을 가방에 넣고 술탄아흐메트 역에서 내리는데, 동양인 아가씨가 한국말로 말을 걸었다.

"어디 숙소에 머무세요?"

'일본인인 줄 알았는데, 한국인이었구나.'

"저는 몇 시간 돌아다니다가 오늘 다시 비행기를 타야 해서, 숙소가 없어요."

쾌활한 아가씨가 호텔에 짐을 풀고 같이 이스탄불을 돌아다니자고 해서, 나란히 걸으며 호텔을 찾아 30분을 헤맸는데도 호텔은 나오지 않았다. 아가씨가 시간 낭비하게 해서 미안하다며, 시간도 없는데 그냥 먼저 돌아다니라고 말했다.

사실 딱히 갈 데도 없고 계획도 없어서 그냥 같이 호텔을 찾을까 하다가 부담스러워 할 거 같아서, 인사를 하고 돌아서서 10미터쯤 걷는데 키 큰 터키 청년이 말을 걸었다.

"길 잃어버렸니?"

"아니, 아닌데. 나 그냥 둘러보는 건데."

"그럼 내가 가이드해줄까? 네가 원한다면."

"그래. 좋아."

계획도 없는데 아무렴 어떤가 싶어서 나란히 걸으며 통성명을 했다. 내 이름을 말해줬더니 청년이 킥킥 웃었다. 그러고 보니 10년 전에 터키에 왔을 때도 터키 사람들은 내 이름을 듣고 다 웃었다. 남자들은 웃고 여자들은 좋아했다. 내 이름이 터키어로 뭔가 의미했었는데….

"왜 웃어?"

"네 이름이 터키어로 길가에 아무 데나 있는 풀 이름이거든."

알고 보니 '윤주'는 터키어로 클로버. 이 정도면 귀엽기만 하구만 뭘 웃나 싶어서 네 이름은 뭐냐고 묻자 키 큰 터키 청년이 말하길, '수아'라고 한다.

"한국에서는 네 이름이 여자 이름이야."

충격을 먹은 수아가 이스탄불에 고작 열 시간 머물다 가는 걸로 터키인의 자존심에 상처를 내더니, 이번엔 터키 남자의 자존심을 부수는 거냐며 자기를 두 번 죽였다고 분통을 터뜨렸다.

시시껄렁한 대화를 나누며 도착한 골목에는 폐가 한 채가 있었다. 수아가 그 앞에 앉아서 담배를 물길래, 나는 서서 낡은 집을 올려다봤다. 대문에 달린 작은 유리창은 반쯤 깨져서 안이 다 보이는데 집

이 사진을 찍고 나서
바로 수아를 만났음

안은 반쯤 철거된 느낌으로 버려진 가구들이 들어차 있었다. 2층과 3층의 창문에도 유리 없이 창틀만 남아있었는데, 그 안으로 자줏빛 커튼이 내려져 있었다. 그런데도 역시 지중해의 나라라 옥상부터 내려뜨려진 연둣빛 포도 덩굴에 포도가 주렁주렁 매달려있어서 자줏빛 커튼과 꽤 잘 어울렸다.

폐가인데도 온기가 느껴지는 것이 신기해서 계속 쳐다봤더니, 수아가 말했다.

"이상해? 우리 집인데."

수아는 여섯 명의 친구들과 이 집에서 산다고 했다. 세 명은 같은 학교에 다니는 애들이고 나머지는 다른 학교 애들인데 다들 가난하다고 했다. 그러고 보니, 언젠가 봤던 다큐멘터리에서 이런 삶의 형태를 본 적이 있다. 철거를 앞 둔 집을 전전하며 살아가는 유럽 청년들의 이야기.

"저기 고양이 있는 방이 내 방이야. 나 잠깐 들어가서 친구한테 말 좀 하고 나올게. 아, 올라가 볼래?"

다시 올려다보니 자줏빛 커튼 사이로 줄무늬 고양이의 얼굴이 삐죽 나와 있다. 방금 길에서 만난 사람의 집에 들어간다니 잠깐 걱정이 됐지만, 고양이를 키우는 집이라니 괜찮지 않을까(?) 싶어서 들어가 보겠다고 말했다.

수아를 따라 좁은 계단을 타고 오르자 작은 부엌이 나왔는데 물이 안 나오는지 지저분하고 싱크대엔 신발이 놓여 있었다. 부엌 옆 방문을 열었더니, 방은 의외로 아늑했다. 벽에는 깨끗한 옷이 몇 벌 걸려 있었고, 어디선가 주워온 거 같은 고풍스러운 일인 소파가 당당하게 놓여 있었다.

그리고 그 옆에 커다랗고 깔끔한 침대가 있고, 그 위에 멀쩡하게 생긴 룸메이트가 싱글거리며 앉아서 스마트폰으로 '동물의 왕국' 같은 것을 보고 있었다. 치타가 얼룩말을 추격한다. 지중해의 따뜻한 바람이 불어오자, 유리창 없는 폐가의 자줏빛 커튼이 넘실대듯 나부꼈다. 그 사이로 환한 빛이 들어오자 전기도 끊긴 이 방이 심지어 아름답게 보였다. 나는 그만 어이가 없어서 해맑은 둘의 얼굴을 보며 말했다.

"너네 좀… 미쳤네?"

"제대로 봤어."

이 둘은 이스탄불의 모 대학에서 영어 교육을 공부하는 재원들이라고 했다. 지금은 방학이라 학교에 가지 않는 대신 수아는 시내에 있는 호텔 리셉션에서 일주일에 6일 동안 일을 한다고 했다.

친구에게 인사를 마치고 집을 빠져 나와 잠깐 걸었더니 엄청난 바다가 나왔다. 해변이 아니라 그냥 방파제가 있는 큰 바다. 깊이를 알 수 없고 저 멀리 반짝반짝 빛나는 물 위에 고기잡이 배들이 떠 있었다.

"여기가 내가 맨날 수영하러 오는 데야."

망망대해라서 어디서부터 들어가야 될지 감도 안 오는데 수아가 손가락으로 우뚝 솟은 방파제 하나를 가리키며, 저 위에서 다이빙을 한다고 했다. 폐가에서 공짜로 살고, 바다에서 공짜로 수영하는 삶이라니, 이 청춘들을 응원하고 싶어졌다.

슬슬 배가 고프다고 말했더니, 수아가 단골 빵집에 데려가서 치즈빵에 터키시 티Turkish tea를 시켰다. 수다는 계속 이어져서, 수아네 엄마 이야기, 내 일 이야기, 수아의 실패한 연애담, 나의 실패한 연애담 등을 떠들었다. 수아네 엄마는 엄청난 미인인데 그 때문에 수

아는 아빠가 여러 명이라고 했다.

한참을 돌아다녔는데도 아직 오전 9시 반. 버스를 타고 다른 동네에 가보기로 했다. 수아에게 관광지가 아니면서 걷기 좋은 곳에 가자고 말했더니 아주 좋은 곳을 안다며 거대한 공동묘지를 지나 뻥 뚫린 광장으로 데려갔다. 수아가 동양인은 잘 구분이 가지 않는다고 하길래, 이 거리에서 처음 만나는 동양인의 국적을 맞추면 내가 맥주를 산다고 했다(불과 몇 시간 전 트램에서 고국의 아가씨도 일본인이라고 오해한 나이지만).

수아는 이 동네에도 집이 있다고 했다. 1가구 2폐가인가 싶어서 따라가 봤더니 멀쩡한 집이 나타났다. 심지어 좋았다. 거실도 크고 소파도 엄청 푹신했다. 왜 이런 멀쩡한 집을 두고 살지 않냐고 묻자, 수아는 이 집에 방이 다섯 개가 있는데 모두 렌트를 줬다고 대답했다. 여기서 월세를 받아서 집 살 때 대출한 은행 빚을 갚고 있는데 2년 뒤에는 다 갚을 거 같다며, 빚을 다 갚고 난 후에는 작은 호텔을 사는 것이 꿈이라고 말했다. 뭐? 뭐라고?

수아의 꿈은 호텔 사장. 호텔 사장이 돼서 푹신한 의자에 앉아서 전화를 받을 거라고 했다. 그때까지는 연애도 하지 않을 거라고 말하며 '노 머니 노 허니No money, no honey'를 외쳤다. 친구들은 차 하나 사고, 집 하나 사는 게 꿈이라서 자기 꿈을 들으면 미쳤다고 하지만, "큰 꿈을 꾸면 신이 돕는다" 할머니가 이렇게 말씀하셨다고 했다.

물을 넣으면 우윳빛으로 바뀌는 라키를 바라보며 나 지금 뭐하고 있지를 생각하는 중

나는 미래의 꿈을 위해 현재를 희생하며 사람들의 이야기는 꽤 들어봤지만, 호텔을 사기 위해 폐가에서 살아가는 사람은 처음 봤다. 너무 극단적이라 유쾌할 정도였다. 수아의 진짜 집을 빠져 나와 다시 길을 걷는데, 마침 한국인 여성 둘이 한국말로 이야기를 나누며 걸어왔고 수아가 기가 막히게도 답을 맞췄다.

폐가도 있고 궁궐도 있고 큰 꿈도 있는 수아에게 백수인 나는 술을 얻어 마시고 싶었지만, 맥주를 사기로 했다. 그리고 맥주에 라키
Raki: 터키 전통술, 보드카처럼 맑고 40도가 넘게 세다 두 잔을 연속으로 마시고 한낮에 대취, 환전한 돈을 술값으로 모두 탕진했다. 다행히 수아가 본인의 지하철 카드를 찍어줘서 개찰구를 사이에 두고 작별을 하고, 겨우 비행기 시간에 맞춰 공항에 도착했다.

술값을 나눠 내자고 하던 수아에게 술값 대신 나중에 호텔 이름을 '윤주'로 지어달라고 말했었다. 아테네 행 비행기의 좁은 자리에

앉아서 내 이름이 붙은 호텔을 상상하며 나는 몇 개월 만에 처음으로 실연을 잠시 잊었다. 큰 꿈을 꿨더니 신이 도왔다.

" 노 머니, 노 허니. "

15

무적의 다리,
정인

에기나섬Aegina Island

GREECE

　세상에서 가장 멋진 강아지인 '굴업이5개월, 보더 콜리'와 짧게 여행을 한 적이 있다. 비록 나의 반려견은 아니었지만, 처음으로 강아지와 함께 며칠을 보내본 즐거운 경험이었다. 이 여행을 통해, 나는 강아지가 모든 것을 바꾼다는 걸 알게 됐다. 강아지와 함께 다니면, 지금껏 살면서 한 번도 나에게 말을 걸어온 적이 없던 장르의 사람과도 이야기를 하게 된다.

　멋쟁이 노부부가 다가와 강아지의 이름을 물으며 칭찬을 해줄 때는 우쭐했고, 휴게소 매점 앞에서 팔다리에 문신을 휘감은 20대 청년들이 다가와 강아지에게 먹을 것을 줘도 되냐 물어올 때는 으쓱했다. 아가씨도 아기도 할머니도 다가와서 평소의 나에게라면 절대 보여주지 않을 살살 녹는 미소를 지어줄 때는 강아지의 대단함에 놀랐다. 이번 그리스 여행에 강아지는 없었지만 나에게는 정인이가 있었다.

정인이는 나의 15년 지기 친구이자, 내가 3년에 한 번씩 회사를 박차고 떠나올 때마다 친히 짧은 일주일의 휴가를 털어 내가 있는 곳으로 와주는 호인이다. 이번에는 이 호인이 에기나섬으로 비행기와 배를 갈아타고 합류해줬다. 그리고 나는 혼자서 여행하던 5일 동안에는 한 번도 보지 못했던 그리스 사람들의 숨겨진 표정을 보게 됐다. 내 친구가 모든 것을 바꿨다.

영화 〈맘마미아〉에서 그리스 작은 섬에 사는 메릴 스트립이 항구로 뛰어나가 친구들을 뜨겁게 맞이하는 바로 그 장면처럼, 정인이를 환영하려고 했었다. 그런데 정인이가 오기로 한 날의 아침, 지루함을 못 견디는 나의 광기가 내 두 발을 배로 10분 거리의 근교 섬으로 끌고 갔다.

아기스트리Agistri는 정말 작은 섬이어서 한 바퀴 돌아보고 얼른 배를 타고 돌아가면 충분히 정인이를 마중할 수 있는 시간이었다. 그런데 나의 광기보다 뜨거운 그리스 태양이 내 두 발을 항구 근처 수영장이 있는 식당에 묶어버려, 그곳에서 맥주를 마시며 수영하다 졸다 보니(!) 배를 놓쳐버렸다. 인간 실격이다.

애타는 마음을 품고 배를 타고 에기나섬에 도착했더니, 항구에서 여행 가방을 옆에 끼고 정인이가 나를 기다리고 있었다. 내가 당했다면 1년 치 잔소리 감이지만 정인은 이게 너의 맘마미아식 환영이냐며 한 번 질책하고 나의 죄를 물어줬다.

혼자서는 에기나섬의 타운에 머물렀지만, 번잡함에서 방금 떠나온 서울 쥐에게는 좀 더 평화로운 곳이 필요할 거 같아서 타운에서 북동쪽으로 조금 벗어난 바기아Vagia라는 마을로 숙소를 옮겼다. 타운도 주중에는 젊은이들이 모두 아테네로 일을 하러 가서 매우 한적했었는데, 타운에서 택시로 15분 떨어진 바기아에는 그야말로 숙소와 바다 외에는 아무것도 없었다. 하루키가 본인의 여행 에세이《먼 북소리》에서 겨울의 스페체스섬에는 본인과 아내 그리고 바람밖에 없었다고 이야기한 것처럼.

왼쪽_ 사람 대신 태양이 있었던 그리스의 섬들
오른쪽_ 그리스의 국민 맥주

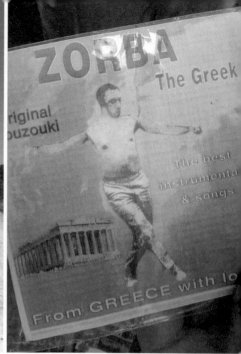

왼쪽_ 한가롭다는 게 무엇인지를 알게 해주는 에기나섬
오른쪽_ 그리스에 와야 하는 이유 중 하나였던 조르바

지나치게 조용한 거 같아서 다시 돌아가야 되나 고민하는데 바기아 호스텔의 주인, 너티가 이 적막함을 깨고 우리를 환영했다.

"헬로~, 갈즈~~~Hello, girls!!!"

너티는 에너지가 끓어 넘쳐서 땅 위로 50센티미터 정도는 떠 있는 듯한 사람이었는데, 어마어마하게 높은 톤의 목소리로 우리를 맞이하더니 웰컴 드링크로 그리스 전통술인 우조Uzo를 내줬다. 우조는 도수가 40도에 육박하는 술로써, 그냥 마시면 맛도 향도 세서는 보통 물을 타서 마신다. 투명한 술잔에 담긴 우조에 물을 쪼르르 부으면 그 투명한 색의 액체가 뭉게뭉게 하얗게 변하는 모습이 마법 같았다(라키와 매우 비슷한데 나의 코가 우조가 좀 더 향이 풍성하다고 말했다).

우조와 함께 수북하게 내어준 빵과 치즈를 한참 동안 먹으며, 이제 슬슬 방을 안내해줘도 좋겠다는 생각을 하고 있는데, 너티가 다가와서 눈썹을 한껏 올리며 더 릴랙스하라고 말했다. 이보다 어떻게 더 늘어질 수 있을까. 호스텔의 정원에는 진분홍색과 흰색의 꽃이 만발해있고 건물은 모두 개나리 색. 로비도 정원도 아주 잘 가꿔진 귀여운 호스텔이었다. 이 귀여운 숙소에서 그야말로 할 것이 아무것도 없어서 너티의 말대로 릴랙스한 밤을 보냈다.

조용한 밤을 보낸 다음 날, 나는 축적된 에너지를 어찌할 바 몰라서 정인이를 앞세워 근처의 신전에 걸어 올라가 보기로 했다(과장을 조금 보태자면, 그리스에는 신전이 우리나라의 편의점만큼 많다). 사실, 걸어서 갈 수 있는 거리와 비탈이 아니었는데 우리는 걸어서 갔다. 왜냐하면, 대중교통 수단이 전무한 그리스 섬에서 대부분의 사람들이 이용하는 ATV^{사륜} 스쿠터를 빌리지 못했기 때문이었다. 남는 ATV가 없어서 또는 렌트비가 터무니없이 비싸서 또는 운전을 못해서가 아니라, 굳이 그 얇고 작고 가벼운 운전 면허증을 지갑에서 빼서 고국의 책상 위에 곱게 올려두고 여행을 떠나 온 사람이 바로 나였기 때문이었다.

38도의 날씨에 산꼭대기 신전에 걸어 올라간 단 한 쌍의 관광객이 된 우리는 태양열에 머리통이 과열되어 팡 터질 거 같길래 하산과 동시에 바다에 가서 수영을 하기로 했다. 이글이글한 머리를 이고 도착한 마을의 첫 번째 바다에서 뒤도 안 돌아보고 점프! 입수와 동시에 내 친구 정인이가 온 발로 성게를 밟았다. 그리스에는 수천 개의 아름다운 해변이 있고, 그날은 휴가의 둘째 날. 그런데 정인이가 40여개의 딸기 씨가 박힌 발바닥을 쥐고 사색이 되어 주저앉았다. 그때부터 범죄율 제로의 이 평화로운 섬에서 우리의 여정이 좀 다이나믹해진다. 이 점에 있어서는 정인에게 감사한다.

발을 절뚝거리는 사람을 보면, 그리스 인들을 이렇게 대처한다.

그리스인 A | 어머, 무슨 일이야? 다쳤니?

한국인 | 바다 안에 까만 거, 뾰족한 거 밟았어.

그리스인 A | 악, 어쩜 좋아! 진짜 아프지? 올리브 오일 발랐니? 그거 바르면 되는데.

그리스인 B | 무슨 일이야! 다리 아프니?

한국인 | 바다 안에 까만 거 있잖아. 뾰족뾰족한 거 그거 밟았어.

그리스인 B | 아아, 나도 그거 얼마나 아픈지 알아. 왜냐하면, 아주아주 오래 전에 나도 밟은 적이 있거든. 근데 그거 알아? 거기에 올리브 오일 바르면 돼. 저절로 나와.

그리스인 C | 대체 무슨 일인 거야?

한국인 | 시 어친(Sea urchin, 이때쯤 영어로 성게가 뭔지 알게 됐다) 밟았
어. 그거 알지? 바다 안에 까만 거.

그리스인 C | 윽! 병원 가봤니? 근데 가볼 필요도 없어. 그냥 거기에 올
리브 오일 바르면 돼.

거의 모든 그리스인들이 성게를 밟은 고통을 알고 있었고, 어떤
그리스인을 만나든지 결론은 올리브 오일이었다. 벌 쏘인 데에 된
장이라면 성게 밟은 데에는 올리브 오일인 것이다. 이 섬의 모든 이
들에게 놀라운 민간요법을 전해 듣고 나서 우리는 바다 근처의 레
스토랑에서 올리브 오일을 한 컵 얻었다. 한 발 걸을 때마다 통증에
얼굴이 굳어지는 정인이를 끌고 택시에 타서 올리브 오일을 바르며
호스텔로 돌아왔다.

점점 붓고 있는 정인이의 발을 유심히 쳐다봤지만 아무리 봐도 성
게 가시는 나올 기미가 보이지 않았다. 심지어 더 들어간 것처럼 보
이기도 했지만 차마 이 말은 정인에게 하지 못했다. 이렇게 하다가
는 정인이의 짧은 휴가를 망치겠다는 걱정이 들어서 병원에 가보기
로 했다. 너티에게 상의했더니 타운에 병원이 있는데, 본인의 차를
타고 가면 된다고 했다. 그래, 병원에 가서 가시를 빼는 거야!

너티는 영국 캠브리지에서 학교를 다니다가 군대 때문에 그리스
로 돌아온 건실한 청년이자, 제대 후에는 엄마와 함께 호텔을 꾸려

가고 있는 성실한 사람이다. 지난해에는 엄마와 함께 네팔로 여행도 다녀온 다정한 사람이기도 하다.

다만, 많이 미쳤다. 너티가 운전하는 차는 사이렌이 안 달렸을 뿐 앰뷸런스보다 빨랐다. 좁고 고불고불한 그리스 섬의 길에서 폭주하다가 맞은편에 차가 나타나면, 멀쩡한 경적을 놔둔 채 창밖으로 얼굴을 내밀어 높은 웃음소리로 경고를 했다. 성게 가시도 놀라서 발에서 빠져나올 판이었다. 하지만 성게 가시는 생각보다 우직했고, 우리 정신만 쏙 빠진 채로 병원에 도착했다.

병원은 생각보다 크고 체계가 있어 보여서 안심이 됐고, 정인은 무엇보다 너티의 차에서 내려서 행복하다 말했다. 너티의 도움으로 우리는 간호사를 만났다.

그리스인 간호사 ┃ 무슨 일 때문에 왔니?

한국인 ┃ 응, 이거 봐봐. 성게 밟았어.

그리스인 간호사 ┃ 아, 진료받을 필요 없어. 이 붕대에 올리브 오일을 흠
뻑 묻혀서 24시간 동안 감아둬. 그러면 저절로 나와.

그렇다. 올리브 오일이었다. 감기엔 소주, 성게엔 올리브 오일! 우리는 타운의 큰 병원까지 (목숨 걸고) 차를 타고 와서 의료 전문가의 입을 통해 다시 한번 올리브 오일의 신비를 전해 듣고 호스텔로 (목숨 걸고) 돌아왔다. 전문가까지 그렇게 말했다면 이제는 정말 믿어

볼 수밖에 없었다.

호스텔 정원의 벤치에 앉아서, 붕대에 올리브 오일을 잔뜩 적셔서 정인의 발에 감고 있는데, 우리의 고군분투를 유심히 보고 있던 한 그리스인 언니가 자기 일행 중에 의사가 있다며 불러온다고 했다. 손님 중에 의사가 있다니 우연치고는 너무 아름다운 우연이었다. 곧 아테네에서 휴가 차 에기나에 온 의사 아저씨가 나타났고 정인이의 발바닥을 살펴보다가 심각한 표정으로 말했다(그리스인들은 보통 표정이 심각하다).

"병원에서 의사를 만났니? 아, 간호사를 만났구나. 음… 그렇다면 커다란 통에 올리브 오일을 가득 담아서 거기에 발을 밤새 담그고 있어. 내일 아침에 다시 보고 그때 이야기하자."

간호사가 올리브 오일을 바르지 말고 붕대에 적셔서 감싸라고 했을 때도 놀랐던 우리는, 한 걸음 더 들어간 의사의 처방에 감탄했다. 와, 그건 꿈에도 생각을 못 했네. 역시 의사는 다르다! 너티의 엄마가 가져다 준 거대한 아이스크림 통에 올리브 오일을 콸콸 붓고 정인이가 발을 담갔다. 너티의 엄마가 그 모습을 지켜보며 말했다.

"이제 잘 튀기기만 하면 되겠네?"

다음 날 아침, 호스텔의 레스토랑에서 아침을 먹고 있는데, 의사 아저씨가 빳빳하게 다려진 셔츠를 입고 나타났다. 신뢰감이 폭발했다. 안경을 꺼내 쓰고 기름에 푹 절여진 정인의 발을 유심히 보더니

음, 하고 주삿바늘을 꺼내 들었다. 수술이다! 이제는 가시가 나오려나 숨죽이며 보고 있는데 의사 아저씨가 정인의 발을 몇 번 찔러보더니 주사를 내려놓으며, 못하겠다고 했다.

네? 그럼 누가 하죠? 의사 아저씨가 진지한 표정으로 자기 일행 중에 다른 아저씨를 불렀다. 그 아저씨는 외과 의사라고 했다. 오! 외과 의사가 왔으니 이제 정말 다 됐다. 내 친구 발 살았다. 외과 의사 아저씨가 세상없이 진지하게 정인의 발을 보더니 무겁게 입을 뗐다. 올리브 오일의 또 다른 처방법을 듣게 될 것인가! 침을 꼴깍 삼켰다.

"음. 아테네에 가야 되겠는데? 내가 근무하는 병원에 전화해서 수술을 바로 받을 수 있도록 조치를 취해줄게."

수술? 아테네? 정말? 올리브 오일 소용없어요? 하라는 대로 다 했는데? 그리스 사람들이 올리브 오일이면 다 된다 그랬잖아? 갑작스러운 아테네 행 제안에 정인과 얼굴을 마주 보며 당황하고 있는데 외과 의사 아저씨는 벌써 병원에 전화를 걸고 있었다. 그래, 그래도 숙소에서 외과 의사를 만났다니 이건 정말 행운이야. 우리가 정말 운이 좋은 거야. 아테네 갔다 오면 되지 뭐. 하루면 될 거야. 이런 대화를 주고받으며 불안함을 달래고 있는데 외과 의사 아저씨가 전화를 끊고 다시 무거운 표정으로 고개를 저으며 말했다.

"미안하지만, 우리 병원에 한 시간 동안 발바닥을 붙잡고 수술을 해줄 의사가 없대. 아테네 병원들이 긴축 재정으로 의사를 많이 해고해서 인력이 없거든. 다른 병원도 마찬가지 일 거야."

그리스 경제 위기가 우리에게까지 영향을 미칠 줄은 미처 몰랐던 일이었다. 외과 의사 아저씨는 여행 기간 동안 통증을 견딜 수 있도록 마취제라도 사서 바르라며 약의 이름을 적어줬다. 이 과정을 숨죽여 지켜보던 호텔의 모든 투숙객들이 정인의 발에 관심을 보였다. 그리고 다가와서 걱정스레 발을 쳐다봤다. 마치, 임신을 하면 임신부의 배를 누구나 자기 배처럼 만져서 당황한다는 것처럼 누구나 자기의 발을 보듯, 동양에서 온 여행객의 발을 유심히 보며 걱정해줬다.

지금까지의 그리스인들은 내가 말을 걸기 전까지 먼저 말을 걸지 않는 진지한 사람들이었는데 병자 앞에서는 모두가 무장 해제. 모두가 다가와서 말을 걸고 기꺼이 이마에 팔자 주름을 만들며 따뜻한 위로를 전했다.

우리는 이 숙소가 매우 마음에 들었지만 어쩔 수 없이, 약국이 있는 타운으로 옮기기로 했다. 모두에게 감사 인사를 하고, 정인이가 오기 전 내가 혼자 묵었던 호스텔로 갔다. 비록 이 섬에 발바닥은 내줬지만 여행의 의지까지는 내주고 싶지 않은 정인을 위해 나는 이동 수단을 마련하기로 했다. 호스텔의 주인할머니에게 간 내가 손짓 발짓 설명을 시작한다.

"저 멀리 한국에서 온 내 친구가 이 섬에 온 둘째 날에 성게를 밟았어. 그리스 바다는 너무 아름다워서 뛰어들 수밖에 없잖아? 그런데 성게를 밟은 거야. 그래도 우리는 이 섬에서 보고 싶은 게 너무 많으니까는 ATV가 꼭 필요한데 글쎄 내가 운전 면허증을 집에 두고 온 거야. 너무 바보 같지? 그런데 여기 운전면허증을 찍은 사진은 있거든. 여기 내 얼굴하고 똑같지? 그래서 말인데, 호스텔에 있는 저 ATV 좀 빌려주면 안 될까? 저기, 내 친구 발에 붕대 감은 거 보이지? 진짜 아프대."

할머니는 나의 온 마음을 담은 모노드라마를 보는 둥 마는 둥 하더니, 정인이의 붕대 감긴 발을 보자마자 마음을 빼앗겼다. 걱정이 가득한 할머니 앞에서 정인이가 발을 내밀고 앉아 힘없이 웃었고 우리는 ATV 열쇠를 받았

위_ 무적의 다리 1호
아래_ 무적의 다리 2호

다. 너의 병든 발은 나의 진심보다 강하다, 친구여.

ATV에 시동을 걸고 등 뒤에 환자를 싣고 소방관처럼 타운을 달렸다. 약국으로 가서 의사 아저씨가 써준 처방대로 항생제와 국소

마취제를 구입했더니, 약사가 바로 옆에 작은 개인 병원이 있으니까 한번 가보라고 했다. 밑져야 본전이라는 생각에 올리브 오일 이야기 한 번 더 듣고 오자는 각오로 방문한 작은 병원에서 정인이는 도착과 동시에 수술을 받게 됐다. 의사가 가볍게 수술대에 누우라고 하더니 불을 켜고 수술 장갑을 끼고 진취적으로 가시를 빼냈다. 그리고 30여 분 후, 자잘한 수십 개의 가시는 그대로였지만 네 개의 거대한 가시로부터 자유로워진 정인의 발이 마취제에 감싸진 채 에기나 시내를 걷게 됐다.

하얀 붕대로 감긴 정인의 발을 보면 사람들은 누가 먼저랄 것도 없이 다가와 안부를 물었다. 그렇게 몇 마디를 나누다 보면 술을 가진 자는 술잔을 건넸고, 춤을 출 줄 아는 자는 춤을 권했다. 한참을 놀다가 일어나 ATV를 타고 섬의 구석구석을 달리다 보면, 도로의 운전자들이 쳐다보며 인사를 건넸다. 그렇게 이 그리스 섬에서 무적의 두 다리를 얻게 됐다.

" 올리브 오일 발랐니? "

뛰어내리는 사람

"다이빙하려면 어디로 가면 되니?" 라고 물어보면, "어디든지" 라는 심드렁한 대답을 들을 수 있는 이드라섬은 다이빙이 아무것도 아닌 섬이다. 실제로도 아찔한 높이의 절벽마다 사람들이 머리를 아래로 향하고 뛰어내리고 있었고, 지켜보는 이들은 대수롭지 않다는 듯 박수를 쳤다.

어디든 다이빙 포인트

이것을 하러 그리스까지 왔는데, 실제로 하려고 하니 걱정이 앞섰다. '바닷물은 충분히 깊은 걸까. 바닷속에 단단한 바위가 있는 것은 아닐까' 걱정을 하는 사이에도 누군가는 절벽을 기어올라가, 심호흡을 하고 '훅!' 하고 뛰어내렸고, 몇 초 후에는 바닷속에서 '푸!' 하고 고개를 내밀었다.

그 대범하고 아름다운 몸짓을 몇 번이나 보고 난 후에야 나도 그들이 뛰

어내린 절벽에 올라가 설 수 있게 됐다. 한참을 망설였고, 망설임을 떨쳐보고자 양팔을 앞 뒤로 수십 번 내저으며 심호흡을 하다가 '악!' 소리를 내지르며 뛰어내렸다. 순식간에 온몸이 느끼는 온도가 바뀌었다. 뜨거운 곳에서 차가운 곳으로 뛰어들었는데, 차갑게 긴장했던 몸이 뜨겁게 열을 뿜어냈다. 발부터 뛰어들었고 엄청난 물을 튀겼지만 해낸 것 같은 기분이었다.

깊은 바다로 풍덩하고 들어가서 코에 물이 잔뜩 들어갔지만 기분이 좋았다. 휴직을 한 것, 이별을 한 것, 여행을 온 것 모두, 다 잘했다는 기분이었다. 몇 번이나 다시 뛰어들었고 무섭지 않았다.

하나, 둘, 셋, …
넷, 다섯, 여섯, 일곱, 여덟, 얍!

16

완벽한 섬에서 만난 히피,
크리스토스

시프노스 Sifnos

GREECE

정인이가 절룩이며 한국으로 돌아가고, 나는 밀로스Milos섬으로
이동했다. 밀로스도 《론리플래닛》을 보고 충동적으로 온 것이었고
그다음 일정은 전혀 없었다. 그래서 밀로스에서는 사람들을 만날 때
마다 어느 섬이 좋은지 물어봤는데, 다들 시프노스라고 말했다. 이
곳에서 배로 두 시간 거리인 그 섬에 가면 아름다운 해변부터 라이
브 뮤직바까지 다 있다고 말했다. 그리고 무엇보다 젊은이들이 잔뜩
이라고 했다. 내가 가야 할 곳이었다.

시프노스행 페리Ferry는 일요일 오후라 그런지 한산했다. 볕이 좋
길래 갑판으로 올라갔더니 광활한 갑판에 편의점에서 볼 법한 플라

스틱 의자가 군데군데 놓여있었고, 열 명 남짓의 사람들이 의자에 걸터앉아 해를 쬐고 있었다. 누군가는 커다란 강아지와 함께 바다를 보고 있고, 누군가는 와인을 병째 홀짝거리며 음악을 듣고 있었다. 비수기임에도 신혼여행과 가족여행을 온 외국인들로 붐볐던 밀로스를 떠나서 다시 한가로운 곳에 간다고 생각하니, 마음이 느긋해졌다.

타운은 항구에서 10킬로미터 정도 떨어진 곳에 있었다. 택시를 타고 숙소에 도착하니 아무도 없었다. 손님은 물론이고 주인마저 없었다. 공허한 '헬로!'를 외쳐봤더니, 옆집에서 한 중년 여성이 나와서 호텔 주인이 자기 언니인데 지금은 여행을 가서 내일이나 집에 온다고 말해줬다. 호텔 예약 앱으로 예약을 미리 하고 간 것이었는데도 주인이 예약을 체크하지 않고 휴가를 갔나 보다. 비수기니까 손님이 올 것이라고 기대하지도 않았던 걸까.

비수기 그리스에서 호텔을 구하는 것은 조금도 어려운 일이 아니어서 다시 돌돌 여행 가방을 끌고 나가서, 아까 택시를 타고 오다가 눈여겨봤던 호텔에 들어갔다. 1층엔 카페랑 사탕 가게가 있고 사탕 가게를 가로질러 문을 열고 나가면 안뜰에 호텔이 있는 신기하고 귀여운 구조였다.

체크인을 하는 동안 주인 할아버지가 가게에서 파는 절인 오렌지를 줬다. 그리스에서는 식당에서도 밥을 먹고 나면 작은 그릇에 스위츠Sweets를 담아 주는데, 괜찮다고 사양해도 꼭 준다. 젤리라기보

낮에는 일광욕을
하기에,
밤에는 별을 보기에
완벽한 장소였던
페리의 갑판 자리

다는 쨈에 가깝다. 진짜 과일이 뭉텅뭉텅 들어간 쨈. 단 것을 안 좋아해서 케이크도 거의 안 먹는데, 이 쨈을 빵도 없이 떠먹고 있자면 혀에 마비가 오는 거 같았지만 고마워서 다 먹었다. 인생에 필요한 당분을 그리스에서 모두 섭취한 것 같았다.

이 섬은 몹시 귀엽고 소박했다. 마을은 낮은 언덕들과 그보다 약간 높은 산들로 둘러싸여 있는데 그 능선 위에 납작한 돌들을 두 줄로 쌓아서 담을 치듯 길을 만들었다. 누군가 휘적휘적 걸으며 담을 쌓았는지 길은 구불구불 이어지고 애써 길을 넓히지 않아서, 사람 두셋이 나란히 걷거나 말 한두 마리가 겨우 지나갈 수 있을 정도로 좁다. 이 좁은 길은 끊어질 듯하면서도 끊어지지 않고 섬의 곳곳을 유연하게 잇고 있었다.

타운을 살짝 둘러보다가 스카프가 예쁜 집이 있길래 들어가 봤는데 어쩐지 익숙한 기분이 들었다. 스카프며 발찌며 머리띠가 어디선가 본 듯한 디자인들이길래, 히피 차림의 주인 아저씨에게 이거 그리스 거냐고 물었더니, "아니, 그리스에 있는 공장들은 다 문을 닫아서 이제 그리스 물건이라는 건 없어. 이건 인도에서 온 거야"라고 대답했다.

아, 그렇지. 인도지. 이런 색감들은.

"아, 인도 거였구나. 그럴 거 같았어. 나도 인도 가봤거든!"

내 대답에 주인아저씨는 눈동자를 빛내며 어디 어디를 가봤냐고 물었다. 10년도 더 지난 기억을 더듬거리며 말했더니, "좋다, 좋아! 난 사실 1년에 반은 인도에서 살아"라고 했다.

인도 사람 같은 피부색을 가진 이 흥미로운 그리스인의 이름은 크리스토스. 그리스가 따뜻해지는 4월부터 춥기 직전인 10월까지는 시프노스섬에서 이 가게를 하면서 살고, 10월부터 다음 해 3월까지는 인도 남부의 바닷가 히피 마을인 고아^{Goa}에서 겨울을 난다고 했다. 10여 년 전부터 인도 물건을 가져와서 그리스에서 팔고, 그리스 올리브 오일을 가져가서 인도에 팔면서 살고 있다고 했다.

고아에는 정착해 사는 그리스인들이 꽤 있어서 정말 제대로 하는 그리스 식당도 있다면서 식당의 이름을 적어줬다. 고아에 가게 되면 꼭 들르라고. 거기에서 자기가 점심을 먹고 있을 거라고. 한참 동안 인도 이야기를 하다가 스카프를 하나 고르고, 시프노스에서 제일 멋진 바가 어디냐고 물었더니 크리스토스가 진지하게 대답했다 (그리스인들은 보통 진지하다).

모든 길은
한곳에서 모아짐

"제일 멋진 바라. 음… 다 멋진데. 너, 여기 말고 저쪽 옆 골목이 진짜 타운인 거 알지? 그 골목에 몇 개의 바가 있는데 우리는 거기를 다 돌아다니면서 술을 마셔. 그래서 어디 하나가 좋다고 할 수 없어."

몰랐다. 지도도 안 봤다. 그 골목, 안 들어가 봤다. 시프노스에 오자마자 들어가서 물건 산 데가 인도 가게다. 그 수많은 골목 중 어느 골목을 말하는지 모르겠어서 눈을 끔뻑대고 있으니까 크리스토스가 문 밖으로 함께 가서 저기 저 골목인데, 지금은 좀 이른 시간이니까 이따 밤에 가보고 저쪽 길로 걸어가서 어디 어디 마을을 걸어갔다 오라고 했다. 거기를 올라가면 엄청난 전망을 볼 수 있다고 하길래 고맙다고 말하고 나와 슬슬 걸어서 마을로 향했다.

이 마을은 정말 귀여웠다. 한적한 골목골목에 계단마다 하얀 집들이 빼곡히 들어서 있고 어느 골목을 돌아가면 돌로 경계를 만든 밭이 나왔다. 일하는 사람도 거리를 걷는 사람도 거의 없고 그야말로 한가했다. 걷다 보면 5분에 한 번씩은 교회가 나오는데, 아주 작은 십자가가 꽂혀 있어서 교회라는 것을 겨우 알아챘을 뿐 마을의 집들과 다른 점은 하나도 없었다. 교회의 옆구리에도 하얗고 좁은 계단이 있어서 그 계단을 따라 교회의 옥상으로 올라가면 마을의 전경이 보였다.

그렇게 올라가다 옆으로 빠지다 올라다가 옆으로 빠지다 제일 꼭대기까지 올라갔더니 작은 광장이 나왔고 그곳에서야 비로소 사람들이 있었다. 트럭에서 빵 장수가 빵을 팔고 있었는데 그래서인지 마을 사람들이 모여서 저녁에 먹을 빵을 사고 있었고, 꼬마들이 투박하고 큰 빵을 손에 꽉 쥐고 먹으면서 뛰어놀고 있었다.

해가 질 때쯤, 다시 길을 따라 타운으로 내려오는데 어떤 할아버지는 집 앞 발코니에 나와 석양을 보고 있었고, 어떤 아저씨는 발코니에 놓인 화분에 물을 주고 있었다. 네팔의 안나푸르나에 갔을 때는 해 질 시간에 마을을 지나면 온 마을이 밥 짓는 냄새로 가득했었는데, 시프노스의 이 마을엔 토마토를 끓이는 냄새가 났다. 냄비 앞에 서서 주걱을 젓고 있을 누군가가 상상되어 마음이 따뜻해졌다.

타운으로 내려와서 크리스토스가 이야기한 골목을 찾았다. '에이, 설마 이 좁은 골목은 아니겠지' 하고 열 발자국 정도 안으로 들어가자, 전혀 다른 공간이 나타났다. 색색 가지 도자기 그릇을 파는 가게, 특이한 디자인의 장신구 가게, 옷 가게, 그 중간중간에 작고 멋진 바들, 그리고 그 사이사이 계단 위로 불을 밝힌 레스토랑들, 생기로 가득한 어마어마한 골목이었다. 내가 찾던 섬이 여기 있었다.

한참을 기웃거리다 보니 즐거운 사람들로 가득한 레스토랑에 들어가 앉는 것이 어쩐지 쓸쓸하고 싫길래, 커다란 샌드위치와 맥주를 사 들고 숙소로 돌아왔다. 발코니에 있는 기다란 소파에 앉아 맥주와 샌드위치를 먹고 침대에 엎드려서 일기를 썼다. 다 쓰고 나니 12시 반. 너무 피곤하고 졸려서 그냥 잘까 하다가 그 골목의 밤이 궁금

하길래 딱 한 잔만 마시고 돌아와야지 하는 마음으로 유일하게 가져
간 원피스를 꺼내 입고 골목에 들어섰다.

와, 젊은이다. 젊은이 천지다. 다른 그리스 섬들에서 보지 못했던
젊은이들이 그곳에 다 있었다. 젊은 남녀들이 예쁘게 차려 입고 작
고 멋진 바 앞에 옹기종기 모여서 마시고 떠들고 웃고 있었다. 골목
의 끝까지 가본 후에 들어갈 바를 정해야지! 어떤 바가 최고로 멋질
까를 생각하며 들뜬 마음에 두리번대는데, 누가 내 어깨를 건드리
며 이름을 불렀다. 옆을 보니, 인도 가게 크리스토스가 바 앞에 벽
에 기대서서 웃고 있다.

"윤주, 뭐 마실래?"

그날 밤 그 골목에서 크리스토스의 질문에, 보드카 토닉이라 대답
을 한 이후로 몇 잔의 칵테일과 몇 병의 맥주를 마셨는지 모르겠다.
그날 밤 그 골목에서 크리스토스를 시작으로 크리스토스의 친구, 그
친구의 친구들, 친구의 사촌, 사촌의 친구, 친구의 아빠까지 몇 명의
친구들을 만났는지도 잘 모르겠다.

바, 그리고 바와 바 사이에서 만난 젊은 그리스인들은 이 섬의
거의 유일한 동양인이 무리에 껴 있어도 누구도 먼저 관심을 보이
지 않았다. 다만, 크리스토스가 "얘는 윤주야"라고 소개를 시켜주
면, 한순간에 진지한 얼굴을 미소로 와장창 깨트리며 악수를 권하
고 이름을 말했다.

"안녕! 난 디미트리스."

"안녕! 난 마리노스."

"안녕! 난 니코스."

그다음은 "뭐 마실래? 이 바는 다이키리Daiquiri: 럼 베이스의 칵테일가 최고야. 다이키리 멜론" 이런 식이었다.

그렇게 잔 하나씩을 들고 바의 문 앞, 좁은 길에 나와 수다를 떨었다. 그러다 보면, 다른 친구가 옆 바에 있다가 나오고 그럼 일제히 소리를 지르면서 포옹을 하고 장난을 치다가 다시 수다를 떨었다. 마치 몇 달 만에 만났다는 듯이 반가워하고, 귀순 용사를 맞이하듯이 환영했다. 그러다 몇 명이 다른 바로 이동을 하면, 그 바에서 또 같은 일이 벌어졌다. 마치 처음 만난 것처럼. 30분 전에 다른 바에서 만난 거 같은데!

이 골목이 인스타그램 같았다. 모두가 만날 때마다 인사와 농담을 하고, 방금 바에서 만난 사람의 소식을 전하고, 그럼 다 같이 웃고 새로운 친구들과 인사를 나누고, 그 친구에게 새로운 친구를 소개해주고. 이 골목에서 친구들의 소식이 업데이트되는 속도는 인터넷을 따라잡을 수 없을 정도였다. 그래서인지 시프노스에서는 아직도 문자와 전화만 되는 구형 휴대폰을 쓰는 젊은이들이 많았다. 거의 모두가 아테네 출신이었는데, 각자 시기는 다르지만 우연히 시프노스에 왔다가 이 섬에 반해서 발이 묶였다고 말했다.

내 코는 지금 토마토 끓이는 냄새를 맡는 중

마리노스는 6년째 이 레스토랑과 저 바를 오가면서 스텝으로 일을 하고 있었다. 이 골목에서도 가장 사교적인 이 친구는 바의 구석구석을 돌아다니며 바에 있는 모두에게(정말 한 명도 빠뜨리지 않고, 모두에게) 인사와 포옹을 하고, 이 바에서 저 바로 넘어갈 때에도 길에서 만난 모든 사람에게 뽀뽀에 포옹을 건네고 그 자리에서 수다를 떨었다.

그것에서 만족하지 않고 이 바와 저 바 사이의 아이스크림 가게, 슈퍼마켓에 순서대로 들어가서 주인과 손님들에게 소리를 지르면서 인사를 하고 수다를 떨다 담배를 피우다 나왔다. 이런 식이라 마리노스와 10미터 거리의 다른 바에 가는 데에는 20분 정도가 소요됐다. 인사광 내지는 포옹 배달부, 뭐라 마리노스를 설명하면 정확

할지 모르겠다.

마리노스가 친구들과 떠는 수다 중에 빠지지 않고 등장하는 단어가 있었는데, 그 뜻이 궁금해서 물어봤다.

"'말라카Malaka'가 무슨 뜻이야?"

모두가 입을 모아 대답했다

"나쁜 놈Ass hole!"

하지만 이곳에서는 '야!' 같은 말이니까 걱정 말고 쓰라고 했다. 두 번째인가 세 번째 바에서 만난 검은 수염의 말라카는 친구들 사이에서 워커홀릭이라고 놀림을 받았다. 이 섬에서 사는 대다수의 젊은이들이 자의든 타의든 일주일에 4일 이하로 일을 하는데 이 친구만 일주일에 5일을 일한다고 했다. 이름 모를 청년이 부끄러운 듯 어깨를 으쓱해 보였다.

이 젊은이들은 대부분 직업이 두 개 이상이라고 했다. 화, 수, 목은 레스토랑에서 일하고 금, 토는 바에서 일하거나 아니면 낮에는 우체국에서 일하고 밤에는 바에서 일하는 등 아르바이트의 개념으로 몇 가지의 직업을 동시에 가지고 있다고 했다.

말라카들에게 이런저런 이야기를 듣고 있다 보니 바 주인이 문을 닫을 시간이라고 말했다. 어느새 새벽 2시. 다들 미련 없이 자리를 툭툭 털고 일어나서 함께 힘을 모아 셔터 문을 내리고 바의 주인과 함께 더 늦게까지 문을 여는 그 옆 바로 옮겨갔다. 이 골목에서 가장 늦게까지 하는 바에는 각기 다른 바에서 모여든 손님들로 붐볐다. 머리가 희끗희끗한 DJ가 록 음악을 크게 틀고 있었고, 마리노스는 끊임없이 테킬라를 가져와서 내가 가르쳐준 '건배'를 한국말로 외쳤다.

크리스토스는 마흔 살이라고 했다. 하지만 친구들은 거의 다 20대. 이 젊은이들은 모두 크리스토스를 좋아했다. 여행을 많이 했고 아는 것이 많고 무엇을 이야기해도 주의 깊게 들어주는 사람. 얼굴엔 상냥함이 가득하고 몸짓과 목소리는 차분해서 잠깐만 이야기를 나눠도 좋은 사람인지 알 수 있었다. 그래서 이 친구들은 크리스토스를 '그레이트 말라카Great malaka'라고 불렀다.

가장 늦게까지 하는 이 바도 슬슬 문을 닫는 거 같길래 시계를 보니까 4시 반. 말도 안 통하는 애들의 격렬한 수다를 구경하다 보니까 4시 반이 됐다. 바 문이 닫히자, 마지막까지 이 바에 있었던 젊은이들이 서로의 양 볼에 뽀뽀를 하고 아주 상쾌하게 헤어졌다. 하나 둘, 골목골목으로 사라지는 것을 보며 나도 좁은 골목으로 들어갔다. 밀로스섬에서 만난 누군가가 말했던 것처럼, 이 골목에 모든 것이 다 있다는 말은 사실이었다.

" 뭐 마실래? "

17

취한 섬의 포옹왕,
마리노스

시프노스 Sifnos

GREECE

　사람을 칭하는 표현 중에 '무골호인'이라는 말을 좋아한다. 뼈가 없이 좋은 사람. '사람이 너무 무르기만 해도 안 되지! 그렇게 줏대가 없으면 쓰겠어?'라고 말할 수도 있지만, 그것은 무골호인의 진정한 뜻을 몰라서 하는 말이다. 무골호인의 소중함을 제대로 알기 위해서는 그 반대편에 있는 사람을 상상해보면 쉽다. 무골호인의 반대니까 유골악인이 되겠다. 뼈가 있는 나쁜 사람, 뻣뻣하게 서서 독한 생각을 큰 소리로 떠드는 사람. 살다 보면 심심치 않게 볼 수 있는 사람이고 최대한 피하고 싶은 사람이다.

　그런 반면에, 무골호인은 유연하게 앉아서 좋은 이야기를 노래하는 사람. 그래서 마치 뼈가 없는 것처럼 보이는 말랑말랑한 사람이다. 어떤 자리든 즐거운 분위기를 만들어내고, 빠지면 섭섭한 사람이다. 차로 한 바퀴를 도는 데 한 시간이 채 걸리지 않는 이 작은 섬, 시프노스에서 나는 내 인생 최고의 무골호인을 만났다. 뼈가 하나도 없었다.

┿

느지막이 일어나니까 어질어질했다. 숙취 때문인 것 같기도 했고 간밤에 받은 문화 충격 때문인 것 같기도 했다. 비틀비틀 호텔 1층의 카페로 내려가서 커피를 시켜놓고 테라스 자리에 앉아 멍하니 있는데, 마리노스가 역시 비틀비틀 지나가다가 나를 발견하고 말을 걸었다.

"안녕! 오늘 뭐해?"

"글쎄. 방금 일어났어."

"나 오늘 우체국 갔다가 다시 집에 짐 갖다 두는 것 말고는 할 일 없는데 같이 해변에 갈래?"

"좋지."

"그럼 12시에 크리스토스네 가게에서 만나."

"응."

크리스토스는 수척한 얼굴로 가게를 정돈하고 있었다. 어젯밤 잠을 거의 못 자서 너무 피곤하다며 계속 하품을 했다. 나도 구석의 의자에 걸터앉아 함께 하품을 하고 있는데, 20분이 지나도 마리노스는

194

나타나지 않았다. "내가 시간을 잘못 들었나?" 하고 크리스토스한 테 물었더니, 크리스토스가 별일 아니라는 듯이, 12시 맞는데 분명 오는 길에 또 누구를 만나서 수다 떨고 있을 거라고 말했다.

하품을 하느라 또 10분 정도가 지났을 때 즈음, 가게 밖으로 사이 드 미러를 노란 테이프로 감은 낡은 자동차가 나타났다. 반쯤 내려 진 운전석의 창문 너머로 깔끔한 셔츠를 입은 마리노스가 숙취 따위 는 말끔하게 지워버린 얼굴로, "곧 올게! 곧 봐!"라고 소리치고 또 사라졌다. 이제야 우체국에 가는 거 같았다. 크리스토스가 나 대신 마리노스에게 소리쳐줬다.

"말라카!"

크리스토스는 오전 10시 반쯤 가게 문을 열고 일하다가 2시부터 6시까지는 문을 닫고 시에스타Siesta: 남유럽의 낮잠 시간를 즐긴다고 했다. 그 시간 동안에는 수영도 하고 요리도 하고 밥도 먹고 낮잠도 자다 가 다시 6시부터 자정까지 일을 하는 것이다. 이따 해변으로 수영을 하러 오라 그랬더니, 어깨를 으쓱하며 대답했다.

"음. 너무 졸려서 자야 되는데 숙취 때문에 수영도 하고 싶고. 음. 어쩌면 둘 다 할 수 있겠지. 볼 수 있으면 보자."

섬에서의 숙취 해소법은 바다 수영이라는 것에 감동하고 있는데, 드디어 우체국에서 큰 소포와 칵테일 만드는 법에 대한 잡지를 찾 아들고 마리노스가 나타났다. 과연 굴러갈까 싶은 흙빛의 차를 타

오늘은 바다로 출근하는 날

고 해변으로 출발.

내가 가본 그리스의 섬들의 해변은 모래사장이 아주 짧거나 없었
다. 바위들과 돌멩이가 가득한 암석 해변이거나, 큰 바위에서 바다
로 뚝 떨어지는 절벽 해변이어서 그 바위에서 다이빙을 하며 놀았
다. 그런데 항구 바로 옆에 자리 잡은 시프노스의 해변은 고운 모래
가 길고 길게 이어져 있었다.

사람들이 모래 위에 드문드문 누워있었고 파랗고 맑은 바닷물은
저 멀리까지도 낮아서 바다의 한중간까지 사람들이 머리를 내놓고
수영 중이었다. 해변의 시작 부분에 바가 하나 있었는데 마리노스
는 일주일에 며칠은 그곳에서 일을 한다고 했다. 잠깐 들러서 소포

를 전해주고 간다 하길래, 나
는 먼저 가서 수영을 하고 있
겠다고 했다.

낮은 산으로 둘러싸인 바
다에 파도가 낮게 밀려왔다
사라졌다. 살랑살랑 따뜻한
바람이 불어서 모래에 발을
박고 누워 있자니 잠이 솔솔

라케타 놀이 중인 말라카들

왔다. 그때는 몰랐다. 이것이 내 인생에서 가장 긴 해수욕의 시작이
라는 것을. 조금 졸다가 머리가 뜨겁길래 바다에 들어가서 몸을 띄
웠고, 놀다 보니 조금 추운 거 같길래 다시 모래로 나와 엎드렸다.

그렇게 물과 모래를 오가며 한 시간 정도 논 거 같은데 마리노스
는 아직도 오지 않았다. 바에서 뭘 하고 있을지 너무도 잘 알겠길래
고개를 절레절레 흔들며 소리를 내서 웃었다. 앞에 한 일을 두어 번
더 반복했을 즈음 저 멀리서 마리노스가 맥주 두 병을 달랑달랑 들
고 아주 활기차게 걸어왔다. 만족스러운 수다로 한껏 충전이 된 얼
굴이었다.

반쯤 누워서 시원한 맥주를 홀짝이고 있는데 건너편에 누운 남자
가 바라보며 미소를 지었다. 의아해 할 틈도 없이 마리노스가 그 남
자를 향해 뭐라 뭐라 소리를 질렀더니 남자가 다가왔다. 아, 얘도 마
리노스 친구구나. 친구는 라켓 두 개를 들고 왔는데 처음 보는 모양

새였다. 납작한 나무 널빤지로 만들어진 이 라켓은 탁구채와 흡사한 모양인데 크기는 탁구채보다 두 배 정도로 크고 고무판 없이 그냥 나무로만 되어있었다. 이것으로 고무공을 치고 받으며 노는 것이라고 했다. 이름은 그냥 라케타Racket.

놀이 방법은 이렇다. 모래사장에서 공을 치고 받으며 10여 분 동안 놀다가, 더우면 그냥 한 명이 라케타를 던져버리고 바다로 뛰어들어간다. 그리고 잠수를 잠깐 하고 다시 걸어 나와서 던져뒀던 라케타를 쥐고 다시 공을 주고받는다.

누군가 진짜 덥다고 말할 때까지 게임은 이어지는데, 마리노스가 먼저 덥다고 말했는지 수영을 하러 들어갔고 내가 슬그머니 일어나서 라케타를 쥐고 친구 앞에 섰다. 라켓이 생각보다 묵직해서 슬쩍 휘둘러도 공이 힘 있게 날아가서 캐치볼보다 긴장감이 있었다. 몇 번을 반복하고 있으면, 마리노스가 바다에서 기어 나오고 내가 물로 뛰어들어가고 친구도 뒤 따라 물로 들어간다. 그러다가 한 명이 맥주를 사러 가면 놀이 끝.

이번엔 셋이 반쯤 누워서 맥주를 마시다가 친구가 일을 하러 가고 마리노스와 둘이서 멍하니 있는데, 저 멀리서 또 한 명의 남자가 걸어왔다. 이번엔 마리노스의 사촌, 디미트리스. 그렇게 셋이서 또 라케타를 치다가 누군가 수영을 하러 갔다가 다시 나오고 누군가 또 맥주를 사러 가면 나머지는 몸을 말리면서 수다를 떨었다.

수영이라고 하면 그래도 팔도 젓고 다리도 첨벙거릴 거 같지만, 시프노스에서의 수영은 그렇지도 않았다. 물에 떠서 몇 분 정도 하늘을 보며 열기를 식히다가 마리노스가 "완벽해!"라고 외치면, 내가 "최고야!"라고 받아 치고 서로 멍청한 얼굴로 고개를 끄덕이는 것이 전부였다. 딱히 이렇다 할 스토리가 없는 느슨한 영화를 보는 기분. 그런데 이 영화, 이상하게 계속 보게 되는 것이다.

마리노스가 좋아했던 그리스 맥주

마리노스는 이 섬에 들어온 이후 지금까지 6년 동안, 해마다 4월부터 10월까지 일을 하지 않는 일주일의 3일은 빠짐없이 이 해변에 와서 짧게는 네 시간, 길게는 여덟 시간씩 이렇게 논다고 했다. 6년 동안 같은 놀이를 반복하면서도 마치 오늘 처음 이 기쁨을 누리는 사람처럼 저렇게 빛나는 표정으로 행복해하며 '완벽해!', '최고야!'를 외칠 수 있다니, 마리노스의 무골 인생은 감동에 가까웠다.

디미트리스는 이 섬에 8년째 머물고 있다고 했다. 친구를 따라 놀러왔다가 그 활기찬 골목에 반해 엄청난 돈을 술값으로 탕진하고, 아테네로 가서 짐을 다 싸 들고 다시 이 섬으로 돌아와서 정착했다고 했다. 쉼 없이 농담을 하고 장난을 치다가도 다시 그리스인 특유의 진지한 얼굴로 돌아왔다.

디미트리스는 28세. 4년째 사귀고 있는 여자 친구가 있는데 아테네의 은행에서 일하고 있어서 자주 못 보는 것이 매우 안타깝다고 했다. 내가 위로를 하니, 곧 은행에서 잘릴 거니까 다시 자주 보게 될 거라며 희미한 미소를 지었다. 그리스에서는 IMF 위기 이후 모두가 직장을 잃고 있기 때문에 모두가 서너 번씩은 실직을 겪었다고 했다.

그리스의 경제가 모두 무너져서 본인도 직업을 잃고 돈을 많이 못 벌어서 결혼을 못한다고 양 눈썹을 치켜 올려 이마에 주름살을 만들었다. 하지만 카트리나를 너무너무 사랑하기 때문에 언젠가는 꼭 결혼을 해서 딸을 낳고 싶다고 했다. 그리스에서도 결혼식에는 많은 돈이 든다고 했다. 일단 주례를 서주는 목사한테 돈을 많이 내야 하고 구석구석의 섬에 퍼져 살고 있는 그 많은 친척들과 친구들을 초대하려면 뱃값과 호텔값에 하루 종일 먹고 마시고 춤추는 비용까지 어머 어마하다고 했다.

정부를 매우 불신하는 디미트리스는 휴대폰 통화 내용을 정부가 감청하고 있다고 생각하기 때문에 누군가 전화해서 어디냐고 묻는 것을 몹시 한심하게 생각했다. 그래서 여자 친구의 전화 외에는 누가 휴대폰으로 전화를 해도 잘 받지도 않았다. 이야기 도중에도 전화벨이 울리자, 두 손으로 얼굴을 감싸 쥐고 "제발 날 자유롭게 내버려줘"라며 괴로워했다.

하지만 이보다 더 자유로운 인생을 본 적이 없는 나는 구속에 익숙해진 나 자신을 반성했다. 내가 서울로 돌아가는 길에 뮌헨에 잠깐 들린다고 하자 디미트리스가 고개를 갸웃거리며 말했다.

"그리스 사람들 중에는 이상한 멍청이들도 많지만 그리스인들은 따뜻한 마음을 가졌어. 이렇게 길에서 이야기를 거는 사람을 독일에서 만나기는 쉽지 않을 거야. 나도 독일에 몇 번 가봤어. 몇 년 전 크리스마스에도 갔었는데 정말 멋지고 날씨는 상쾌하게 춥고 좋았는데, 사람들은 너무 쌀쌀맞았어."

방금 전까지, 그리스는 다 망했고 그리스 정부는 다 썩었다고 욕하다가도 그리스인들의 따뜻한 마음에 대해 자랑스러워하는 디미트리스의 얼굴을 보고 있자니, 나는 기분이 좋아졌다. "그리스에는 이상한 멍청이가 잔뜩이지만, 알고 보면 우리는 따뜻한 사람들이야"로 이어지는 이야기들을 믿고 싶어졌다.

디미트리스와 이야기를 하는 동안에도 마리노스는 맥주를 사 왔고, 마셨고, 또 바다에 들어갔다 왔고, 라케타를 쳤다. 그러다 문득, 하루 종일 한 끼도 먹지 않았다는 것을 알게 됐다. 맥주랑 바닷물만 마신 것이다. 배고픔도 잊고 하루 종일 바다에 있는 나 자신이 놀라워서, "나 태어나서 해변에 이렇게 오래 있어본 적이 처음이야"라고 고백했더니, 디미트리스가 신기하다는 듯이 말했다.

"어떻게 이게 처음일 수가 있어?"

사실 디미트리스가 더 놀랄 거 같아서 말하지 못했지만, 나는 이렇게 놀아본 것도 처음인 동시에 남들이 이렇게 한가로운 것을 보는 것도 처음이었다. 휴양지에 작정하고 놀러 간 여행자들도 이보다는 분주했다. 이렇게 아름다운 곳에서 하루 종일을 온전히 즐기면서 보내는 것을 정말 처음 봤다.

나의 충격을 덜어주고 싶었는지 마리노스가 본인들도 이제 곧 정말 바빠질 거라고 말했다. 그리스의 거의 모든 섬들은 1년에 딱 두 달이 바쁘다고 했다. 7월과 8월. 그때는 온 섬이 관광객으로 가득 차기 때문에 바와 레스토랑에서 일하는 젊은이들은 그 두 달간은 해수욕도 못 하고 낮잠도 포기한 채, 아침 10시부터 자정 너머까지 일을 한다고 했다.

지금으로부터 3주 후에 일어날 일을 이야기하는 시프노스 사람들의 표정은 사뭇 비장했다. 마치 전쟁에 나가기 전, 군인들이 전의를 다지는 것처럼 곧 다가올 그날을 기다리고 있었다. 하지만 7, 8월에는 일을 두 배로 하는 대신 월급도 두 배가 되고, 팁을 엄청나게 받기 때문에 이 시즌이 조금만 더 길었으면 좋겠다고도 말했다. 이때 돈을 모아야지만 겨울에 여행을 갈 수도 있고 남은 열 달 내내 술도 마실 수 있는 것이다.

마리노스는 일하는 게 좋다고 했다. 다 같이 이 섬에서 일하고, 다 같이 이 섬에서 노니까 그것이 좋다고 말했다. 거기다 바에서 일하면 새로운 사람들을 많이 만나니까 즐겁다고 했다. 돈을 많이 모아서 언젠가는 아르헨티나로 여행을 가고 싶다고도 했다. 바에서 일한다면, 당연히 바텐더가 최고로 멋지다고 생각하는 나는 "음, 그럼 바텐더를 해보는 건 어때? 그럼 돈도 더 벌지 않겠어?"라고 물었더니, 마리노스가 대답했다.

"돈은 더 벌 수 있긴 한데 난 서빙하는 게 더 좋아. 난 홀을 돌아다니면서 사람들을 만나는 게 더 재미있거든. 바텐더 하면 바 안에만 있어야 되잖아. 저기 저 테이블에 재미있어 보이는 사람이 있는데, 바 안에 있느라 못 간다고 생각하면 너무 답답하잖아."

실로폰 소리처럼 경쾌한 마리노스의 대답을 들으며, 나는 내가 부끄럽고 마리노스가 멋있었다. 너무나 쉽게 입 밖으로 나와버렸던 내가 가진 뻣뻣한 삶의 기준이 창피했다. 돈을 적게 받지만 좋아하는 일을 하는 것, 언젠가의 꿈을 가지고 있지만 매일매일의 즐거움도 포기하지 않는 것, 멋진 사람이 내게 오기를 기다리는 것이 아니라 내가 먼저 그 사람에게 다가가는 것, 이것이 마리노스가 매일매일 실천하고 있는 자신만의 철학이었다. 마리노스를 한참 동안 쳐다봤다. 비스듬히 앉아 팔을 뒤로 기대고 태양을 즐기는 모습이 반짝였다. 젊고 단순하고 아름다웠다.

그때가 저녁 7시 정도였던 거 같다. 마지막으로 수영을 한 번 더 하고 몸을 말리면서 둘러봤더니 해변 뒤로, 푸르고 가는 줄기가 무성했다. 마리노스에게 저게 뭐냐고 물었더니 대나무라고 했다. 이렇게 갈대처럼 얇은 대나무를 보는 것도 처음이었다. 마리노스가 그 숲을 가리키면서 소리가 좋다고 들어가 보라고 했다.

주섬주섬 일어나 내 키보다 두 배 정도 큰 대나무 숲에 들어가니, 꽉꽉 거리는 개구리 울음소리가 들렸다. 가만히 귀 기울이니까, 그 다음 겹으로는 '쏴아~~~' 하고 대나무 잎이 바람에 비벼지는 소리가 들렸다. 그리고 그다음 겹으로는 저 멀리 파도 소리가 들렸다. 서로 다른 소리들이 겹겹이 쌓여서 어디에 집중을 하느냐에 따라 다른 화음이 들렸다. 개구리 울음소리는 파도 소리랑 잘 어울렸다. 이런 것도 당연히 처음이라서 눈을 껌뻑이며 듣고 있었더니 마리노스가 돌아서 나가면서 말했다.

"헤헤, 이게 다야!"

휴. 이게 다라니. 이건 정말 대단한 거라고.

해가 지니까 다시 칵테일. 마리노스가 일하는 그 바는 딸기 다이키리가 엄청나다고 했다. 지금 가면 크레이지 말라카들을 보게 될 거라고 하길래, 이 해변에 도착한 지 일곱 시간 만에 짐을 주섬주섬 챙겨서 일어났다.

해가 막 지기 시작하는 해변을 걸어서 바에 도착했더니 서너 명의 젊은이들이 수다를 떨며 맥주를 마시고 있었다. 그리고는 어젯밤 골목의 풍경이 이 바에서 재현됐다. 딸기 다이키리를 시키자 바텐더이자 바의 주인이 슬렁슬렁 칵테일을 만들기 시작했고 서버가 큰 빗자루로 바닥을 쓸다가 우리들 발에 붙은 모래를 털어줬다.

달마티안과 무언가가 섞였다는 커다란 개, 클라라가 있었는데 누군가 클라라를 데리고 모래사장으로 달려가서 씨름을 하듯 뛰면서 놀았고 누군가는 그 모습을 보며 배를 꺾고 웃었다. 바 주인이 칵테일을 내주고 나서, 손님이 우리 밖에 없는 걸 확인하더니 바다로 뛰어들어가서 '풍덩!' 드러누워 버렸고, 또 다 같이 깔깔대고 웃었다.

그날 저녁 그 바에서, 산 너머로 떨어지는 해를 끝까지 본 사람은 나 밖에 없었다. 시프노스의 젊은이들에게 일몰은 그냥 그 시간, 그 공간에 모여 마주 보며 서로를 즐기는 것이지 일제히 태양을 향해 숨죽여 시선을 집중하는 그런 이벤트가 아니었다. 해가 떨어지는 그 아름다운 광경도 그냥 배경으로 두고 매일 만나는 친구들과 매일 마시는 칵테일을 마시면서 그냥 아까부터 계속 그랬던 것처럼 웃고 있었다. 나는 석양과 이들을 함께 보느라 눈과 마음이 바빴다. 사진조차 찍을 수 없었다.

" 홀에서 재밌는 사람들을 만나는 게 좋아. "

#18

느리게 빛나는
말라카들

시프노스 Sifnos

GREECE

시프노스에서 요리사에게 음식이 맛있다고 말하면, 요리사는 입 꼬리를 양쪽으로 쭉 내리고 손바닥을 좌우로 느리게 흔들었다. '에이, 그냥 그렇지 뭐'라고 말하듯이. 바텐더에게 칵테일이 맛있다고 말해도 역시 같은 반응이었다. 고개를 갸웃거리며 손가락으로 턱을 긁는다. '그래? 이상하네. 별것도 아닌데.'

이 작은 섬에서 술고래들은 수 없이 봤지만 취한 고래를 본 건 단 한 번이었다. 모두 술을 엄청나게 오래도록, 엄청나게 많이 마시지만 웃고 떠들 뿐 취하지 않았다. 단 한 명의 취객은 아테네에서 온 관광객이었는데, 시프노스에 들어온 첫날부터 밤마다 만취해서 골목을 시끄럽게 만든다고 했다.

첫날엔 심지어 바에서 여자들 사진을 대놓고 찍어대서 바텐더한

테 몇 대 맞았는데도 멈추지 않아서 경찰이 잡아갔다고 했다. 새벽 4
시에 와플을 먹으며 취객이 경찰에게 끌려가는 것을 구경할 때도 사
람들의 표정은 칭찬을 받을 때랑 비슷했다. 와플을 우물거리며, 이
마에 주름살을 만들었다. '뭘 또 저렇게까지 취하고 그래.'

　격동의 나라에서 흥분한 시민으로 살아온 나는 이런 낮은 파동의
감정이 처음에는 낯설었고 나중에는 부러웠다. 칭찬의 폭우가 쏟아
져도 비난의 태풍이 몰아쳐도 묵직하게 파도를 탈 줄 아는 시프노스
젊은이들의 기백은 확실히 재능이었다. 살 수 있다면, 사서라도 갖
고 싶은 그런 재능이었다.

　이른 밤에서 늦은 새벽으로 이어지는 길고 긴 골목의 시간도 끝
날 때가 왔다. 시프노스에서 2박 3일을 머무는 동안, 첫날 밤에는 환
영회를 열어주고 마지막 밤에는 송별회를 열어줬던 말라카들과 작
별 인사를 해야 할 시간이었다.

　"잘 자, 윤주."

　"잘 가, 또 봐."

　골목을 채웠던 사람들이 한 명씩 포옹을 하고 손을 흔들며 골목
안으로 사라졌다. 나도 한 명, 한 명의 손을 잡고 포옹을 하고 인사
를 했다.

　"잘 가, 안녕. 고마워. 너무 즐거웠어."

아무도 안 찍길래 내가 찍은 노을 사진

디미트리스에게는 여자 친구랑 꼭 결혼하길 바란다고 고맙다고 말했다. 크리스토스에게는 고아에서 꼭 보자고 고맙다고 말했다. 마리노스에게는 그냥 다 고맙다고 덕분에 너무 즐거웠다고 말했다. 마지막으로 마리노스가 한 번 뒤돌아보고 손을 흔들며, "또 봐!"라고 말하고 어느 골목으로 사라졌고, 나는 방에 들어와 문을 '딸깍!' 닫았다. 몸은 시프노스에 있었지만 다른 세계에 들어온 기분이었다.

어쩌면 여기에 있는 누구도 이 섬 밖을 나가지 않을지도 모르겠다. 모두가 멋있다고 추천했지만 누구도 가보지 않은 코르푸Korfu섬은 어쩌면 내가 제일 먼저 갈지도 모른다. 마리노스는 버는 돈보다 술값으로 쓰는 돈이 많아서 아르헨티나에 가지 못할지도 모르고, 디미트리스는 어쩌면 돈 때문에 카트리나와 헤어질 수도 있다. 10년간 연인 사이로 지내다 헤어진 후, 서로가 필요하다는 걸 알고 이제는 남매처럼 그녀와 함께 산다는 크리스토스는 어쩌면 그녀랑 결혼을 해서 마침내 정착할지도 모르겠다.

영화도 텔레비전도 책도 보지 않고, 새로 나온 음악이 뭔지도 관심이 없고, 매일 밤 바에서 나오는 음악을 듣고 섬을 찾아오는 사람들과 이야기하는 것으로 세상 돌아가는 소식을 듣는 것, 그래서 몇 년이 지나도 여전히 서빙을 하고 있는 것이 어쩌면 지루해질지도 모르겠다. 변한 건 아무것도 없는데 문득 나이가 들었다는 것을 알게 될지도 모른다.

그런데 그건 다 미래의 일, 아무도 모르는 내일의 일이었고 그 섬에 있는 그들은 가장 젊은 채로 영원할 것처럼 살고 있었다. 차로 30분만 달리면 섬의 끝에서 끝에 닿는 그 작은 섬에서 누구도 갇히지 않은 채, 느리고 환하게 빛나고 있었다.

그 안에 잠깐 있다가 나왔을 뿐인데 심장이 계속 콩닥콩닥 뛰었다. 그렇게 살지 않았고, 그렇게 살지 못할 거고, 그렇게 살고 싶지 않은데도 그런 삶을 봤다는 것만으로 내 살아온 인생이 크게 한방 맞은 거 같은 기분이었다. 내가 젊은 건지 늙은 건지 알 수 없어서 불안하기만 했던 그 절벽에서 다이빙을 한 기분이었다.

지치고 늙어버리고 싶지 않다. 주눅 들지 않고 새로운 사람들을 만나고, 흥분한 목소리로 그 이야기를 오랜 친구들과 나누고 싶다. 언제고 다시 올 사랑을 초조해하지 않고 맞이하고 싶다. 크리스토스가 그 시끄러운 바에서 "괜찮아. 넌 젊고 아름다우니까"라고 말했던 것처럼, 다 괜찮다고 믿고 싶다.

" 말라카! "

....

낯선 도시를
누군가의 이름으로 기억한다

아테네 공항에서 탑승을 기다리며 멍하니 있다가 가방 속에 크리스토스의 명함이 있는 게 생각났다. 신이 나서 메일을 정성껏 썼다.

마지막 날 인사 못하고 와서 아쉬워.

아침에 가게에 갔더니 네가 없더라고.

시프노스에서 일들은 꿈같아.

그날 오후에 네 가게에 들어간 것이 내가 여행 중에 한 것 중 가장 잘한 일이야.

그 이후로 놀라운 일만 생겼으니까.

그곳에서 만난 친구들 모두 몹시 그리울 거야.

어딘가에서 꼭 다시 만나!

이런 내용을 써놓고 빠진 것이 없나 살피다가 보내기를 눌렀다. 여행이 끝나버린 아쉬움과 혼자가 되어버린 것 같은 기분이 조금 달래졌다.

서울로 돌아와서는 시차적응이 잘 되지 않아서 잠 못 이루는 밤을 여러 번 맞이했다. 그날 밤도 잠이 오지 않아서 휴대폰으로 쓸데없는 것을 보고 있는데 새 메일이 왔다는 알림이 울렸다. 크리스토스에게 온 답장이었다.

윤주, 그거 알아?

누군가를 우연히 만나는 건 없어.

누군가 우리 인생에 나타났다면 그건 뭔가 이유가 있는 거지.

근데 그 이유는 아주 나중에 알게 되는 거야.

지켜보자. 우리가 서로 왜 만났는지.

나는 이 메일을 몇 년이 지난 지금까지도 가끔 열어본다. 하찮은 사람이 되고 있다는 기분이 들 때, 감각은 둔해지는데 감정만 날이 서는 기분일 때, 대단한 일을 하지도 못하고 정작 소중한 일은 놓쳐버리고 말 때, 그럴 때면 이 메일을 찾아본다. 그러면 이상하게 기운이 나서, 크리스토스의 말처럼 우리가 왜 만났는지 알게 될 날이 올 때까지는 열심히 살아봐야겠다고 생각한다. '이래서 내가 그날, 너의 가게에 들어갔던 거였구나!'라고 말하며 웃을 날을 기다리고 싶어진다. 반드시 그런 날을 만들고 싶다는 의욕이 솟아 조금 뜨거워진다.

여행을 다녀와서 여행을 가기 전의 괴로움이 해결되었냐고 묻는다면, 그러지는 않았다. 한동안을 더 힘들었고 여행의 후유증까지 겹쳐서 더 불안해질 때도 있었다. 하루하루가 가면서 불안한 마음은 느리게 사라졌지만 그 여행에서 만났던 사람들에 대한 기억은 사라지지 않았다. 수십 번이나 친구들에게 말하고 혼자서도 수백 번을 되새김질해서 더 선명해졌다.

언젠가 읽고 마음에 품어뒀던 일본의 모 생명 보험 회사 광고의 카피가 있다.

아버지를 여행합니다.

수백 개의 카피만 따로 모아놓은 책이어서, 그 광고의 자세한 내용을 알 수는 없지만 나는 이 카피를 보고 난 후, 생각의 문이 하나 열리는 기분이었다. 오래된 골목이나 낯선 도시를 여행하듯이 사람도 여행을 할 수 있다. 마주 앉아서 이야기를 나눠보는 것도 사람을 여행하는 방법이고, 그 사람이 하는 말이나 쓴 글을 가만히 들어보는 것도 사람을 여행하는 좋은 방법이다.

듣다 보면 또 가고 싶은 여행지일 수도 있고, 나랑은 잘 맞지 않는 여행지일 수도 있다. 하지만 여행 전에는 늘 조금은 설레고 조금은 긴장되는 것처럼, 사람도 여행을 한다고 생각하면 내 앞에 있는 이 사람을 조금은 더 호기심을 갖고 바라보게 된다. 드러나는 것 말고 숨겨져 있는 것을 찾고 싶어서 노력하게 된다. 그러다 보면, 나도 좋은 여행지가 되고 싶어진다. 유명하고 볼거리가 많은 여행지는 아니더라도, 적어도 누군가에게 '나만의 비밀 여행지'가 될 수 있는 그런 사람이 되고 싶다는 마음이 든다.

에디나를, 필립포를, 라우라를, 아냐를, 필리프를, 대럴을, 베르후르를, 요르크를, 필립을, 길다를, 실뱅을, 페드로를, 헤수스를, 수아를, 크리스토스를, 마리노스를, 그리고 무엇보다 나의 오랜 친구들을 만난 덕분에 나는 이 글을 쓸 수 있게 되었다. 그리고 앞으로도 낯선 도시를 누군가의 이름으로 기억하는 여행을 계속하고 싶다.

"

"

지켜보자. 우리가 서로 왜 만났는지.

다정한 이방인을 기다리며

여행이라고 하면 어떤 마음의 '작정'이 있었다. 낯선 것들에 기필코 나를 맡기겠다는 일탈의 각오, 일생일대의 우연을 겪어버리고야 말겠다는 필연의 다짐 같은 것들.

유난스럽게 결심해도 내 여행은 별반 달라지지 않았다. 그렇게 되고 말았던 경우를 열 시간이라도 이야기할 수 있다. 낯선 곳, 낯선 이들에게 다가가기보단 '원체 고독을 즐기는 타입'이라고 스스로를 다독이는 기술을 늘린 뒤 다시 공항 입국대에 서곤 했다.

이 책을 읽는 동안 나는 자주 한숨을 내쉬었다. 따뜻하고 묵직한 것이 때때로 차올라 목구멍을 타고 올라왔다. 올라오는 것이 웃음이었다가 그리움이었다가 했다. 대개는 저자와 낯선 이름들이 예상치 못한 순간에 나누는 다정한 대화들 때문이었다. 슬픈 시대를 이겨내려면 '바로 지금, 파도를 타자'고 달려가는 사람, '너는 내가 가

본 가장 먼 나라'라고 말하는 사람, 일기를 100장이라도 쓰고 싶게
만드는 사람… 이들의 낯선 이름이 애틋해졌다. 가보지 못한 세상
어느 모퉁이에 살고 있을 다정한 사람들, 작정하지 않고도 반짝거리
는 사람들이 그리워졌다.

저자 역시 여행길에 이들을 만나게 될 것을 예상하진 못했을 것이
다. 하지만 기꺼운 우연들이 어디 그냥 오던가. 늘 반 걸음 앞서 몸
을 내밀어 걷는 그녀의 습관처럼, 반 걸음 먼저 마음을 내어준 결과
인 것을 나는 알겠다. 그녀가 만났던 동그란 품을 가진 이들을 통해
본 세상이 이렇게 큰 위로가 된다는 것을 알겠다.

정확히 이런 모양으로 다정한 사람들이 내게도 발견돼주었으면
싶다. 욕심이다. 그래도, 반 걸음. 온 마음을 다해 내미는 딱 그 반
걸음을 디뎌보라고 부드럽게 채근하는 목소리에 귀를 기울인다. 어
느새 낯익은 이름을 부르며 먼 도시로 향하는 날을 그리고 있다. 아
마도 불가능하지 않을 것이다. 우리는 어떤 속도로든 서로를 향해
걷고 있고, 진실한 순간을 나눌 다정한 이방인을 절실히 기다리고
있으므로.

유정인 《경향신문》 문화부 기자이자 저자의 오랜 친구